CUNCTUS

La Colectividad

NOVELA

Por

Ramón Varela Morales

P.
863
V423

Varela Morales, Ramón
Cunctus / Ramón Varela Morales.
– Panamá : Imprenta Universal, 2005.
262p. ; 20 cm.

ISBN 9962-02-780-2

I. LITERATURA PANAMEÑA – NOVELA
2. NOVELA DE CIENCIA - FICCIÓN   I. Título.

Cunctus
© Ramón Varela Morales

Primera edición, junio 2005

ISBN 9962-02-780-2

La edición estuvo a cargo del autor.

Impreso en BookSurge Panamá
Panamá, República de Panamá

A Yolanda, compañera de mi vida
A mis hijos: Ramón y Gabriel
A mi nuera: Patricia
A mi nieta: Verónica

Quienes hacen que nuestros triunfos y nuestros sueños valgan la pena

A mi cuñada: Lizzie
Quien generosamente revisó mi primer manuscrito

Esta novela es una obra de ficción.
Todos los nombres, personajes, lugares e
incidentes son producto de la imaginación del
autor o han sido utilizados de manera ficticia,
y cualquier parecido con individuos reales,
vivos o muertos, empresas, instituciones,
eventos o lugares es pura coincidencia.

En un futuro aún distante, las perennes fuerzas insertas desde el inicio de los tiempos en el alma del homo sapiens continuaban su faena en el eterno pulsear entre la colectividad y el individuo.

Un grupo de investigadores, impulsado por esas *otras fuerzas* que inducen al ser humano a sondear todo lo que está al alcance de cualquiera de sus sentidos, inicia una aventura que los llevará a descubrir importantes secretos, ocultados a la civilización durante milenios.

Para ello deben enfrentar a quienes, en el altar del supuesto bien común, están dispuestos a sacrificarles con tal de impedir que semejantes verdades lleguen a todos los rincones de la conciencia humana, individual y colectiva, desatando tormentas capaces de hacer trizas el orden social tan celosamente guardado por unos pocos.

PREÁMBULO

A las siete horas del séptimo día, del séptimo mes, del séptimo año, del séptimo milenio, las estrellas empezaron a ocultarse ante la aparición del Astro Rey, como lo habían hecho por más de cuatro mil quinientos millones de años.

Era una mañana fría de otoño en el hemisferio boreal; en los árboles, las hojas daban inicio a aquella mutación maravillosa, ante el advenimiento de un próximo invierno. Esto sucedía, por supuesto, fuera de las ciudades principales; dentro, el clima primaveral era perenne.

Martis celebraba el nuevo día con el precioso bebé que recién había traído a casa. Hablando al parecer a nadie y a todos, solicitaba el alimento especialmente formulado para maximizar el crecimiento y la buena salud de Unis. Muy poco tiempo después, el preparador automatizado llamaba su atención, en el tono preciso que él había establecido. La comida estaba lista para ingerir y la temperatura era la ideal.

Después de alimentar a Unis, procedió a solicitar su propio desayuno, procedimiento que siguió el mismo ritual establecido desde hacía muchos siglos. Dejando dormido al nene, se dirigió a su estudio para iniciar la faena.

Martis se acercó a su *integrador* y colocó sus manos en el artilugio, estableciendo la comunicación directa entre su cerebro y la inteligencia colectiva del planeta, la cual ponía la memoria fusionada de la humanidad al servicio de todos los individuos. El dispositivo aprovechaba los cientos de millones de terminaciones nerviosas de las manos para establecer una comunicación directa con el cerebro. Su uso requería de aprendizaje y práctica; sin embargo, era Cunctus, nombre derivado de un vocablo de algún idioma olvidado y como se conocía a aquella amalgama casi mágica de inteligencia y memoria colectiva, el que aprendía rápidamente a afinar la conexión y facilitaba enormemente el proceso. Era la verdad aceptada por todos y el fundamento de la organización social de la Tierra del séptimo milenio EC; el séptimo milenio de la *era* de la *c*olectividad, de la *era* de Cunctus.

La noche anterior, Martis había vuelto a rumiar aquel tema que tanto le mortificaba, el desarrollo de la ciencia que era su pasión. Tenía varios intereses; juzgado con los estándares de otros tiempos, se diría que tenía varias profesiones. En el mundo de Martis aquello era lo usual: el conocimiento por el conocimiento mismo. Mas su pasión giraba alrededor del estudio de la evolución de los patrones sociales de la humanidad.

Recordaba con una mezcla de rebeldía y desesperación cómo al tratar de penetrar cualquier período anterior a la historia de los últimos siete milenios se encontraba casi imposibilitado para obtener información. No comprendía y menos consentía como todos aceptaban aquella bruma espesa, artificial, de las épocas anteriores a la inteligencia colectiva y que la historia comenzara con el hito de su aparición; lo anterior, primitivo, cuando el hombre era un conjunto desorganizado de individuos, era considerado salvaje, prehistoria, y mirado con desdén. Sabía muy bien, y aquello le retorcía aún más, que aquellos individuos interesados en la prehistoria eran despreciados por la colectividad; y en este mundo de inteligencia conglomerada, base de la sociedad, para la gran mayoría era razón suficiente para no ocuparse de ella.

Sin embargo, para Martis era evidente que, independientemente de la densidad de la niebla que la envolvía, la prehistoria de la humanidad seguramente reía, protegida, retando a sus pocos pretendientes.

Él había hecho varios intentos, pero después de sentir el rechazo resultante y antes que el mismo llegara a niveles que afectaran sus relaciones con Cunctus, había decidido pensarlo mejor…

CRONOLOGÍA DEL PRIMER MILENIO

~2030 a 2050 DC	Desarrollo de los mecanismos *de base* para la inteligencia colectiva	
	Establecimiento del gobierno mundial	
	Popularización del *integrador*	
	Aparición de la inteligencia colectiva	Prehistoria
	Incorporación de los primeros cambios genéticos (para prevenir enfermedades hereditarias)	
	Movimiento social hacia la colectivización extrema	
	Tensión social… riesgo de *guerra civil* a escala mundial	
2297 DC = año 0 EC	Votación aprobando formalmente *La Colectividad*; inicio de la *era de la colectividad* (EC).	
Siglo I EC	Establecimiento de gobiernos regionales y constitución	

	mundial; desaparece el gobierno mundial; inicio de emigraciones hacia las colonias espaciales
Siglo 2 EC	Uso generalizado de la inseminación artificial
	Establecimiento de granjas de cultivo para los niños
	Primer gran cambio biológico por manipulación del DNA
	Segundo gran cambio biológico por manipulación del DNA
Siglo 5 EC	"Escisión"; emigraciones masivas hacia las colonias espaciales; nuevamente al borde de la guerra… prima la paz
Siglo 6 EC	Aparición del *síndrome*
Siglo 8 EC	Normalización de relaciones comerciales con las colonias espaciales
~1,000 EC	Se completó la absorción de las colonias espaciales… Fin de la crisis del primer milenio

Martis se conectó al integrador; casi inmediatamente sintió el contacto cerebral de Donis, su compañero en algunos estudios.

Al conectarse, se obnubilaban los sentidos y la percepción se concentraba en los estímulos sensoriales recibidos a través del singular artefacto. Sólo un impulso externo extraordinario podía traspasar el umbral de aquel estado de conciencia.

Martis sintió un pinchazo de alegría. Recordó súbitamente aquellos tiempos rebeldes, cuando iniciaba sus estudios y compartía con Donis la fogosidad de aquella juventud que no deseaba dejar escapar aún.

Más que diálogos, se trataba de una transmisión de pensamientos, la cual, a voluntad de los incorporados, podía incluir todo el espectro de los sentidos humanos.

—Desde que llevaste al bebé a tu vivienda casi no sé de ti. ¿Cómo se llama?

—Se llama Unis. Cuidar de él es una experiencia enriquecedora, aunque le quita mucho tiempo a mi faena. Ya estoy buscando un mejor balance y por eso me encuentras aquí. Tu contacto es providencial, me gustaría comentarte algo y quisiera que pasáramos al modo de conversación individual. ¿Lo aceptas?

—Por supuesto.

Donis se extrañó; sabía muy bien que en el mundo de la conexión colectiva, a pesar de muchos intentos por suprimir completamente la individualidad, finalmente se había impuesto el derecho a establecer comunicaciones privadas. Volvió a valorar aquella pequeña libertad.

Sin poder decir exactamente cómo, Martis y Donis supieron inmediatamente que estaban en la modalidad de conversación privada. Aunque pálido, había una especie de placer erótico en este tipo de conexión; como en otros tiempos mantener un amor secreto.

—He intentado en varias ocasiones el estudio de la civilización prehistórica, si es que puede llamársele civilización —Martis sintió el equivalente a un suspiro por parte de Donis—, pero consistentemente me ha resultado imposible obtener información. Cunctus insiste en que no existe información anterior al establecimiento de la colectividad, pero además añade un mensaje sutil de desprecio por lo indigno de su estudio. Luce una barrera infranqueable y, ante mi insistencia, he sentido un rechazo creciente.

Parecía una muralla dinámica, que se agigantaba y se fortalecía en cuanto mayor era su afán por superarla, pensó.

—Decidí no seguir intentando —continuó—, al menos por esa vía. Me atrevo a comentártelo pues, desde cuando estudiábamos juntos, conozco tu rebeldía y tu interés por estudiar la biología prehistórica.

Donis recordó todas aquellas emociones cuando tuvo su propio encontrón con Cunctus.

—Cierto, pero te cuento que seguí insistiendo hasta que me encontré en una situación en la cual se cuestionó mi lealtad y se me suspendió el derecho a estudiar biología. Me he visto obligado a interesarme por otros estudios. Es una situación permanente; al menos, eso se me dijo.

Me imagino que si lo solicito nuevamente y además no intento más transgresiones se me permitiría continuar los estudios. Sin embargo, no tengo interés de hacerlo con esas cortapisas; sólo me interesaría continuar si pudiera estudiar la biología prehistórica, a ver si existen diferencias de importancia. Pero, como te he dicho, eso parece estar vedado. No hagas lo mismo con la sociología. ¿Para qué? Se trata de tu pasión, lo sé.

Martis conocía aquella historia, pero quiso escuchar su relato de primera mano. No estaba dispuesto a claudicar, sólo había pretendido hacerlo hasta encontrar una mejor forma de lograr sus objetivos.

—Así es. Sin embargo, por lo mismo que es mi pasión no deben existir límites. ¿Cuál puede ser la razón de que se nos prohíba el estudio de la prehistoria? Me parece absurdo. El conocimiento es lo que mueve nuestra organización social. ¿Sobre qué base querríamos limitarlo?

—Miedo, Martis. Miedo es lo único que se me puede ocurrir.

—Pero… ¿a qué? —preguntó Martis, turbado por la inesperada aseveración de Donis.

—No lo sé… Sin embargo, no veo otra explicación.

En la recámara adyacente y sin ruido perceptible, Unis se despertó; sin cuestionarse cómo, Martis se percató. Terminaron la conversación con la promesa de seguir tratando el tema. Martis estaba contento de haber encontrado un cómplice intelectual. Le había tomado algún tiempo escoger quién podría tener una visión parecida, incluyendo el interés por lo primitivo y prohibido; Donis le había parecido la persona indicada por su experiencia común.

A Martis le fascinaban los ruiditos de Unis; su olor. Todo en él era hechizante. Y pensó si se trataba de algún remanente biológico de una necesidad primitiva de cualquier especie por proteger a sus cachorros. Sin darse cuenta se privaba del placer de mimarle, pero se trataba de una sociedad donde los lazos de amor eran tenues, preparada siempre para verlos desvanecerse.

De pronto advirtió que no sabía en qué región del planeta habitaba Donis; no sabía si en el habitáculo adyacente o en el otro lado del globo. Sus planes se le podían venir abajo. Aunque sumamente inusual, si por cualquier razón algún día tenían que hablar personalmente se verían obligados a resolver los problemas de transporte, los cuales probablemente serían inmensos. Era una indagación que debía realizar pronto y era un plan que debía estar trazado con suficiente antelación; no sería fácil de improvisar y, dependiendo del lugar donde habitara Donis, podría hasta resultar imposible.

Unis esperaba pacientemente y Martis atendió sus necesidades. Sabía que se trataba de una experiencia que, a pesar de ser una sociedad tan automatizada, se consideraba necesaria. Más allá de juzgarlo una tarea obligada, él, sin escondérselo a sí mismo, disfrutaba de ella. Sin embargo, probablemente de manera inconsciente evitaba ser arrastrado por aquella corriente de amor que a veces le quería succionar. Sabía que aquello duraría poco tiempo, luego de lo cual Unis desaparecería para él en las estructuras colectivas de la sociedad, como en un bosque mágico y sin salida; con el devenir de los años sus recuerdos de esta época y de su relación con Martis se tornarían imprecisos y difusos, hasta acabar en lo más recóndito de un inconsciente inalcanzable.

Él no lo recordaba en su propio caso, y a veces le embargaba una tristeza ponzoñosa por ello. ¿Quién sería? ¿Viviría aún? ¿Le habría gustado cuidar de él? ¿Le extrañaría? Era sabido que prácticamente ningún adulto tenía conocimiento de quién era la persona que le había protegido —y en algunos casos amado—, durante su período de indefensión. Seguía siendo un misterio, pero era del conocimiento público que no se trataba de una necesidad en el ámbito de la conciencia; el inconsciente de todos los individuos debía incorporar la seguridad producto de que un adulto particular, con quien existía una relación especial, le atendiera con dedicación y le diera protección en sus primeros años de vida, cuando estaba completamente indefenso y no se podía valer por sí mismo. Esencial para el futuro adulto, esta experiencia, la cual residiría en el inconsciente individual, le permitiría posteriormente cuidar de un bebé y así pasar esta crucial vivencia de generación en generación.

En su cavilación, Martis sabía que se trataba de prácticamente la única experiencia de familia que existía en la organización social de la época. Era una organización social que no había sido cuestionada seriamente por más de seis milenios. Al menos no había historia de ello.

Mientras Martis tenía todos esos pensamientos, cuidaba de Unis y le traía aquello llamado juguetes, tan importantes para los bebés y en alguna medida una incógnita para los adultos. Pensó en cuál sería el objetivo profundo de los juguetes en la sociedad y se dio cuenta que no conocía toda la sociología que suponía. Nunca se le había pasado por la mente preguntarse cuál sería la razón del juego en los individuos y menos aún su trascendencia en la colectividad.

Antes de haber traído a Unis a su apartamento había recibido, a través de su conexión a Cunctus, el entrenamiento requerido para su cuidado. Sin embargo, probablemente habría sido en vano sin haberlo experimentado durante su propia infancia.

Mientras Unis continuaba el extraño ritual, Martis decidió suspender aquella meditación que le distraía del extraño paradigma de los juegos.

Martis retornó a sus estudios en la primera oportunidad. Unis quedó entretenido con sus juguetes en una cama especial rodeada de barandas y bajo la supervisión de la inteligencia de la habitación que, conectada a Cunctus como todo en el planeta, avisaría inmediatamente a Martis de cualquier anomalía. Existía una multiplicidad de sensores los cuales podrían advertir de prácticamente cualquier peligro o de cualquier necesidad del bebé.

Al conectarse, Martis buscó ávidamente información sobre la llamada *crisis del primer milenio*. *Buscar* es una manera poco exacta de describir lo que realmente hizo; sólo con tener el deseo de obtener una información específica, ésta era accesible a su conciencia. Era análogo al proceso individual de recordar. A eso se le llamaba *buscar* información en Cunctus. A pesar que para Martis esto se había convertido en algo rutinario, casi automático, no dejaba de maravillarse de vez en cuando, al buscar y encontrar información casi olvidada en lo más recóndito de la memoria colectiva del planeta. En muy pocas ocasiones, y casi con terror, se había preguntado qué haría si Cunctus dejase de proveer la información con la cual todos contaban sin cuestionárselo.

Al continuar sus andares por la colectividad advirtió que tal crisis aparentemente había surgido de un viraje demasiado rápido, sociológicamente hablando, del individualismo hacia la colectividad. Varios siglos después del inicio de la era, cuando ya muchas generaciones de personas sobre la Tierra y las colonias del Sistema Solar eran el producto de la nueva sociedad, se intentó abolir completamente las costumbres individualistas remanentes y extremar el nuevo paradigma.

A tal punto llegó la presión que incluso se efectuaron cambios forzados de personalidad en algunos disidentes, equivalentes a la modificación de importantes aspectos del comportamiento de una persona, con el objeto de suprimir cualquier intento por conservar el individualismo y resistir la colectivización. Pero transcurridos cerca de dos siglos, las cosas empezaron a ir muy mal. No se pudo saber inicialmente qué era aquello que faltaba a los individuos; sin embargo, apareció lo que los psicosociólogos llamaron el *síndrome de ansiedad de aniquilamiento*. Grupos enteros de individuos experimentaron un miedo colectivo el cual llegó a apoderarse de buena parte de la humanidad. Era un miedo irracional a la terminación de la especie, como si una grave trasgresión se hubiera cometido y estuvieran todos destinados a pagar por ello el precio más alto. No sólo con la vida de algunos individuos, la cual en aquella época poco se valoraba, sino con la vida de la colectividad.

Martis se preguntaba ¿cómo no había tropezado con esto antes? Había estado siempre allí, frente a sus ojos. Se convenció que primero debía conocer ampliamente todo lo relativo al primer milenio, para luego enfrentarse al gran reto de la prehistoria; pero parecía haber suficiente material para mantenerle ocupado durante mucho tiempo.

Continuó desnudando al período, trasluciendo que fueron los habitantes de las colonias espaciales quienes, sin querer, aportaron la solución. En éstas, misteriosamente, no ocurría tal fenómeno, al menos con esa intensidad, y los psicosociólogos buscaron pistas para comprender el mal que aquejaba a la sociedad y amenazaba sus cimientos. Después de varios intentos fallidos se estableció entonces la hipótesis que ubicaba la diferencia en el cuidado de los niños, el cual en las colonias espaciales, especialmente aquellas ubicadas en los ambientes más inhóspitos, exigía un nivel de atención mucho mayor hacia el infante, todavía indefenso, que en las granjas colectivas de niños en la Tierra.

Después de muchos experimentos la hipótesis se probó correcta; posteriormente se comprobó que dichos cuidados eran imprescindibles desde prácticamente el momento en que los bebés iniciaban su existencia hasta el segundo o tercer año de vida, cuando los infantes empezaban a desarrollar la comunicación verbal. En ese momento la separación y su inmersión en granjas colectivas ya no resultaban negativas para el niño, al menos al grado causante del síndrome.

Martis se hizo consciente de la importancia de su aporte, al ser confiado del proceso guía de Unis. Ya no era, al comprenderlo, un mero peón y, en alguna medida, aquello le reconfortaba.

Una vez descubiertas las causas, fue entonces cuando se adoptaron las reglas que desde aquellos últimos siglos del turbulento primer milenio de colectividad habían regido a la humanidad. Se había logrado un balance. El cambio sociológico que la colectividad conllevaba se equilibró con el desarrollo biológico y social del ser humano, el cual evidentemente no databa solamente desde la creación de

Cunctus, sino desde aquellos tiempos despreciables llamados *prehistoria*.

Martis supo cuando Unis necesitaba atención, terminando la sesión tan rápidamente como pudo. Era, como todo ciudadano adulto, un experto en el uso de las funciones de búsqueda en Cunctus; sabía que cuando terminaba una sesión el resultado de las indagaciones quedaba nuevamente disponible para un vínculo futuro, de tal forma que no se requería guardar ningún tipo de notas en cualquier otro medio. El papel era una cosa casi desconocida, salvo para los arqueólogos.

Martis se alegró de ser uno de los ungidos para este *proceso*, mas no había previsto el impacto emocional resultante de la inquietante relación con Unis.

No sabía a dónde lo llevaría esa turbulenta aventura…

Grupo de estudios de la prehistoria (clandestino)
Delis
Claris
Donis
Martis
Moris
Patris
Rulis

CAPÍTULO II

25

A la hora de dormir —y soñar— los seres humanos tenían dos opciones, hacerlo como individuos aislados o en contacto con la colectividad.

Hubiera podido parecer extraño a cualquier individuo de otra era, pues la actividad onírica no es más que la interacción frugal con el mundo interno. Aunque no era manifiesta la razón, la importancia de tener contacto con Cunctus aún durante el sueño había sido considerada y establecida desde hacía muchos siglos.

Aparte de ser sociólogo, Martis era psicosociólogo. Eran dos ciencias hermanas. Una estudiaba al conjunto de los seres humanos y otra al individuo inmerso en dicha agrupación. Nadie cuestionaba por qué no se estudiaba a la persona como ser independiente. Por lo tanto, en el complaciente mundo de la colectividad no se consideraba a la psicología como tal, aunque, por supuesto, sus antiguos principios era ampliamente estudiados por los psicosociólogos; por más que quisiera ignorarse, la colectividad estaba formada por individuos... y por el casi mágico mecanismo tecnológico de unión entre ellos. Cunctus no podría existir, podía jurar Martis, solamente con los equipamientos que permitían la conexión de las personas, así como aquellos que seguramente soportaban el procesamiento de información entre los millones de nodos que conformaban la infraestructura tecnológica de la colectividad.

Tenía que haber algo más...

El patrón común de conducta de los individuos era permanecer conectados, o *incorporados* como se prefería decir, un gran número de horas al día para realizar estudios o investigaciones. Había un integrador para cada individuo sobre la Tierra, así como en los centros habitados de los planetas y satélites del sistema solar. Según el área de preferencia se conformaban miles de los denominados *grupos de interés*. Allí se compartían hallazgos, hipótesis y temas de estudio comunes, los cuales se investigaban y, de sugerirse algún cambio que afectara a la colectividad o a la forma aceptada de conducir los asuntos, se sometía a la consideración del Gran Consejo de Ancianos.

Rodeado de misterios, reales e infundados, este consejo se constituía en la institución más importante de la sociedad; el mismo se congregaba a través de Cunctus y comprendía a millones de los individuos más viejos y sabios de la colectividad. Parecía haber una correspondencia entre edad y sabiduría que nadie se atrevía a cuestionar, al menos abiertamente. Cualquiera podía pertenecer, mas debía estar en el último décimo de su vida esperada y haber sido una persona siempre dedicada al estudio. Por supuesto, nadie podría presumir tal bagaje si no era cierto; la colectividad no podía ser engañada. El paso por la vida de cualquier individuo estaba registrado en Cunctus con el mayor detalle.

Los temas usualmente eran confiados al grupo especializado dentro del consejo. Sin embargo, a ningún miembro se le impedía votar. Se consideraba que su sapiencia era más que suficiente para decidir si tenía o no los conocimientos y la experiencia para hacer valer su derecho a opinar en cada decisión.

Donis había omitido cualquier mención a Martis de su furtivo grupo de estudios de la prehistoria. Había pasado mucho tiempo desde que éste se había constituido. De hecho, cuando estudiaron juntos, en un pasado no tan lejano, le había mencionado varios temas delicados con la ilusión de despertar la curiosidad en Martis. Sin embargo, había perdido toda esperanza. Lo ocurrido recientemente había sido una sorpresa. No sabía si era la germinación de la semilla que creía haber sembrado en aquella época, la cual ahora sentía lejana, o si había nacido en forma espontánea en Martis; en ese caso aquella simiente sólo había servido para fomentar el contacto, pero eso ahora no importaba. Sin embargo, tendría que vincular a su grupo para pasar a Martis por su riguroso tamiz de seguridad.

Se trataba, por supuesto, de un grupo clandestino; pero desde la ignota prehistoria la hermosa isla de Frisco, donde habitaban, había sido siempre un bastión de vanguardia; había liderado a la humanidad en el uso de la tecnología de información y comunicaciones, resultando finalmente en el perfeccionamiento de la colectividad. Incluso antes, allí había tomado forma la primera organización exitosa de un conjunto mayoritario de lo que en la prehistoria se denominaban naciones, ya olvidadas formas de organización política, dando lugar posteriormente al primer gobierno mundial.

Todo aquello lo conocía Donis. Y podría costarle muy caro a todos sus colegas que se supiera que ellos subrepticiamente estudiaban esa soslayada época de la humanidad. Pensando en ello se tropezó con aquel temor que les rondaba; sabían que una sonda cerebral podía convertir a cualquier persona en un individuo muy diferente y dócil. Era algo muy temido no sólo por él, sino por todos los miembros del grupo.

De hecho, era a lo que más temían.

Se daba inicio a la siguiente reunión del grupo de estudios de la prehistoria en la parte norte de la isla, donde se concentraban sus miembros. Había ido llegando uno por uno, casi furtivamente y en transportes individuales, tratando de evitar llamar la atención. Cada mes se reunían en la vivienda de un miembro diferente, de tal forma que pasara casi un año antes de volver a pisar el mismo lugar.

A Patris, el miembro más joven del grupo, le encantaba visitar la vivienda de Claris, como en esta ocasión; en la misma había un gran ventanal que permitía admirar el paisaje. Cuando se iniciaba la reunión, el mismo se opacaba proveyendo la privacidad necesaria. Las aves marinas abundaban en el área y para Patris eran una inspiración. Quería ser libre como ellas y viajar con el viento, mas la sociedad le hacía sentir prisionero.

Como primer punto se discutía la admisión de Martis:

—Donis, ¿cómo supiste que habitaba en nuestra isla? ¿Fue una casualidad? —preguntó Claris.

—Así lo creerá Martis, pero desde luego que no lo fue. Eso lo sé desde que estudiábamos juntos. En aquella ocasión observé su inclinación; en el grupo de estudios de la prehistoria aún estábamos en la fase inicial de reclutamiento y, antes de intentar acercarme, averigüé la localización de su vivienda. Me costó un poco de trabajo ya que no es usual, pero lo logré. Luego procedí a hacer comentarios que, pensé, podrían despertar su interés. Traté repetidas veces, pero como no obtuve ninguna respuesta patente abandoné la idea. De hecho, ya había perdido toda esperanza cuando provino, de su iniciativa, el actual acercamiento.

Claris, el primer reclutado por Delis, fundador y líder formal, dirigía esta reunión del grupo. En las sesiones todos participaban en igualdad de condiciones; sin embargo, para mantener el orden, cosa que muchas veces no era una tarea fácil, escogían un líder para cada encuentro. Era una costumbre que habían adoptado probablemente porque así se decía que se organizaban las reuniones de los grupos de interés dentro del Gran Consejo de Ancianos. No obstante, nadie lo sabía a ciencia cierta. Esas reuniones eran un absoluto secreto, al margen de quienes no pertenecían al arcano consejo.

El reducido grupo de estudios de la prehistoria no llegaba a la docena de miembros, aunque en esa ocasión no se habían presentado dos de ellos por razones que serían sin duda investigadas. Era usual que algunos faltaran a dichas reuniones sin razón aparente, pues no era el transporte físico de las personas, ni colectivo ni individual, el mejor exponente de esa etapa de la humanidad. Sin embargo, cada ausencia era investigada pues no había espacio para errores.

Tocó el turno a Moris, encargado de la seguridad de reclutamiento, quien rendía el informe de la investigación sobre Martis:

—Martis es una persona estudiosa —dijo, tajante—. Domina varias disciplinas, pero sus preferidas son la sociología y la historia. Conoce además sobre informática, comunicaciones, astronomía y biología. Nunca ha desafiado a la colectividad, pero ha manifestado como parte de sus estudios de la historia un interés por la prehistoria que, por su insistencia, ha llamado la atención del comité correspondiente dentro del Gran Consejo...

—Debemos tener cuidado —interrumpió Claris—, podría ser motivo de curiosidad.

—Cierto —dijo Moris, continuando con su informe—. Las cosas llegaron a tal punto que se le prohibió seguir indagando sobre la prehistoria. Casi coincidiendo en el tiempo con este evento decidió participar en el proceso guía, lo cual podría ser una forma de ser complaciente y apaciguar al consejo; eso no lo podemos saber. Lo que sí sabemos es que ha expresado suficiente curiosidad a Donis como para merecer nuestra consideración. Sin embargo, existe la posibilidad, aunque no parece muy probable, que sea alguien plantado para comprobar la existencia de nuestro grupo o, si ya no fuera un secreto para ellos, con el objeto de averiguar los temas que tratamos.

Antes que se iniciara el intercambio de opiniones, Donis pidió la palabra apoyando su propuesta de admitir a Martis e indicando también que no tenía objeción a esperar un poco más; de hecho, aquél estaba comprometido con el proceso guía del bebé Unis, lo cual se podría aprovechar para esperar y asegurarse que no se tratara de un individuo hostil hacia el grupo, al servicio de algún comité de seguridad del Gran Consejo de Ancianos.

Las miradas de los congregados, cómplices de una trasgresión benigna y justificada ante sus propios ojos, lo dijeron todo. El grupo estaba de acuerdo en esperar un tiempo adicional. A Moris le seguía recayendo la responsabilidad de la investigación sobre los antecedentes del nuevo afiliado propuesto, con la cooperación y apoyo del resto de los asociados, hasta llegar a una determinación final.

Con el tema saldado por el momento, procedieron al siguiente; Claris, posesionado de su efímero liderazgo, volvió a tomar la palabra invitando a Delis a presentar el planteamiento sobre su pretendida admisión al Gran Consejo de Ancianos. Algunas cejas se levantaron.

—Como les ha adelantado Claris —dijo Delis—, he alcanzado el último décimo de mi vida prevista y, como quiera que cumplo con el resto de las condiciones, podría ser yo el primer miembro de nuestro grupo en formar parte del Gran Consejo de Ancianos.

Delis era el fundador del grupo de estudios de la prehistoria y, como tal, tenía sentimientos encontrados. Pero pertenecer al consejo le daría la capacidad de encontrar un nuevo papel.

—Lo que me preocupa —añadió—, es lo que *no* sabemos sobre el proceso de admisión.

—¿A qué te refieres? —preguntó Claris.

—A que podría requerirse una sonda cerebral parcial como parte de ese proceso. No tengo referencia alguna que lo confirme, pero es algo que podría perfectamente ser parte de dichos procedimientos.

Aunque una sonda así calibrada sólo determinaría tendencias y no detalles, resultaría indiscutiblemente en una investigación, la cual podría dar con la existencia del grupo. De hecho, una decisión de no aceptar la sonda cerebral podría conducir al mismo resultado.

Donis apoyó la moción, ignorando aquellos temores seguramente infundados. Tener un miembro como parte del Gran Consejo de Ancianos tenía el potencial de darle mayor seguridad al grupo, pues tendría mayor acceso a la información; así podrían saber con antelación si existía alguna sospecha o, peor aún, alguna investigación sobre su existencia o sobre alguno de sus miembros.

—Como parte de las reflexiones —añadió Donis—, quería someter a consideración el hecho de que si Delis decidiera proceder con esta iniciativa debería, al menos temporalmente y muy probablemente de una forma definitiva, desvincularse totalmente de nuestro grupo y cambiar su papel para con nosotros.

Delis, quien experimentaba ya una ansiedad manifiesta a pesar de su preparación para el tema, pidió nuevamente la palabra:

—Desde hace algún tiempo siento que mis contribuciones al grupo de estudios de la prehistoria han sido nulas, o casi nulas. Por supuesto, me refiero a la última década. Es por ello que no puedo estar más de acuerdo con Donis. Sería para mí una forma de continuar aportando al grupo de una manera más significativa…

Un silencio perturbador reinó por unos instantes en la reunión. Era la primera vez que el grupo perdería a uno de sus miembros. Nunca antes se habían enfrentado a ello. Había un consuelo en pensar que no se trataba de olvidarlo, pues sólo cambiaría su papel. Sin embargo, Delis ya no participaría regularmente y, aparte del canal designado para las comunicaciones, nadie hablaría más ni se pondría en contacto con él. Era una pérdida importante, la cual todos tendrían que aceptar; el espinoso proceso de duelo tendría que llevarse a cabo.

Uno de los casos en los cuales todos los miembros del Gran Consejo de Ancianos eran especialmente invitados a votar era el de la admisión de nuevos miembros.

Ningún candidato escapaba a un análisis riguroso de sus actividades, además de su edad y sus estudios. Todo esto estaba completa y detalladamente registrado en la memoria colectiva del planeta Tierra. Existía cierta flexibilidad, aunque aquellos aspirantes que habían caído en actividades consideradas rebeldes no eran admitidos jamás.

La admisión era vitalicia y no podía ser revocada, salvo falta grave. En los últimos dos milenios nadie había sido expulsado del consejo.

Era un proceso en principio simple y justo; sin embargo, en la práctica no dejaban de darse situaciones controversiales, pero ese no fue el caso de Delis quien fue admitido en la primera oportunidad. No existieron sondas cerebrales ni amenazas de ningún tipo.

El grupo de estudios de la prehistoria tenía ahora a su fundador en una posición clave para protegerlo, pero sus avances y logros seguirían dependiendo de sus miembros.

Y haría falta la sangre nueva.

Grupo de estudios de la prehistoria (clandestino)
Delis
Claris
Donis
Martis
Moris
Patris
Rulis

Grupo de estudios genéticos
Ramis
Emelis
Aurelis
Eolis
Gloris

CAPÍTULO III

Distribuidos por todo el planeta, cosa que no tenía la importancia de otros tiempos, se llevaba a cabo una reunión privada entre los miembros del grupo de estudios genéticos. Este era uno de los grupos usualmente opacos y considerado inactivo por el Gran Consejo de Ancianos. Pronto cambiaría esa percepción.

Ramis, líder del grupo, se dirigía al pleno:

—En algunos meses estaremos listos para sugerir los cambios genéticos más importantes desde el primer milenio de nuestra era. De ser aprobados por la colectividad, lógicamente éstos tendrán efecto sólo en las próximas generaciones. Debemos considerar en forma muy detallada cómo vamos a someterlos a la aprobación del Gran Consejo de Ancianos. Ese debe ser el foco de nuestras próximas deliberaciones. Más que genético, ahora nuestro enfoque deberá ser sociológico.

En otra época hubiera dicho político, pero no tendría el mismo significado.

Mediante un mecanismo difícil de describir, varios miembros pidieron la palabra. Todos supieron exactamente el orden en que debían intervenir.

Emelis fue el primero, insistiendo en el riguroso examen de la propuesta antes de someterla al Gran Consejo de Ancianos.

—Como es sabido por quienes han estado trabajando en este asunto tan delicado —añadió—, el objetivo del cambio genético es establecer un mecanismo para que los seres humanos puedan realizar una conexión más directa y eficiente con Cunctus, muy superior a la lograda a través del dispositivo actual... *el integrador*. El fundamento del mismo es la generación, mediante alteración genética, de un nuevo nervio que sirva de conector al cerebro.

»Esto requerirá, luego que cada niño llegue a cierto nivel de madurez, un injerto bioelectrónico para conectar las terminaciones nerviosas del nuevo nervio a dicha incrustación, la cual permitirá, a su vez, la conexión directa con Cunctus. Este injerto será permanente y, de hecho, ya tenemos una primera versión diseñada y probada. Sin embargo, como implica la colocación permanente de un cuerpo extraño en el cuerpo humano, será imprescindible la aprobación de la mayoría de la colectividad y no sólo del Gran Consejo de Ancianos. Por supuesto que es al consejo a quien le corresponde someterlo a la aprobación final de la colectividad.

El líder hizo el equivalente de un gesto, invitando a la discusión.

Gloris intervino, observando que, una vez logrado el cambio pretendido, quienes así lo desearan podrían utilizar el integrador actual. Existiendo esta opción, la nueva situación no parecía obligatoria.

—Si bien los individuos no tendrán elección sobre el cambio genético —intervino Emelis—, el injerto no puede ser obligatorio. Mas no hemos estudiado los efectos del cambio genético en un ser humano que decida no realizarse el injerto bioelectrónico, complemento del cambio genético.

Era necesario determinar qué molestias o qué problemas podría traer. De hecho, hasta que aquello no se probara exhaustivamente no debían proponer la aprobación de la transformación genética. Era algo con demasiado alcance para hacerlo sin todas las pruebas de rigor.

—Segundo, y más importante aún —continuó—, la presión colectiva hará prácticamente imposible a la gran mayoría de los seres humanos negarse al injerto. Quienes no lo acepten serían calificados probablemente de rebeldes o de algo muy parecido, con todas las implicaciones que eso conlleva, incluyendo el rechazo colectivo. Por lo tanto, a mi modo de ver estaremos proponiendo un cambio que, para todos los efectos prácticos, sería obligatorio para todos aquellos quienes deseen llevar una vida normal, por lo cual insisto en una votación de toda la colectividad.

Hubo algunas objeciones, pues hacía más de un milenio que ningún cambio se efectuaba con el requerimiento de una votación de la colectividad completa.

—Eso —replicó Emelis—, sólo es testimonio de que no han habido cambios importantes en más de un milenio. A mi juicio, creo que en más de tres…

Previendo que la discusión iba a continuar por un camino estéril, el líder tomó la palabra indicando la necesidad de repetir más pruebas y expandirlas para considerar todas las opciones, aunque para ello se debieran gastar —acentuó la palabra *gastar* de una manera que todo lo decía— más clones. Además, oportunamente tocaría decidir si se recomendaba el tema para aprobación de la colectividad completa; no era menester empantanarse en aquella discusión todavía.

Resultaría difícil describir el estado de los participantes; era una especie de trance colectivo el cual los aislaba de su alrededor. Se trataba de una reunión virtual que se llevaba a cabo en un ambiente etéreo, resultante de una mezcla biológico-electrónica, en un umbral de conciencia desconocido para las generaciones previas al mundo colectivo de aquella era de la civilización.

Ante el planteamiento de Ramis prosiguió una serie de agitados intercambios entre los distantes y a su vez cercanos participantes. Al final, Emelis fue el persistente vencedor en tan delicados temas, aunque no por una amplia mayoría.

Las discusiones de los consejos se tornaban un tanto aburridas. Era, según algunos, una pérdida de tiempo, así como una de las muestras del estancamiento de la sociedad.

Mediante aquel complejo sistema de realidad virtual, cortesía de Cunctus, cada interlocutor veía, directamente en su cerebro, al resto del grupo en la forma que eligiera imaginárselo. Unos percibían la reunión alrededor de una pequeña mesa, en una habitación austera, en la cual sólo aparecían los interlocutores, quienes se intercambiaban mágicamente. Había quienes observaban una muchedumbre, en la cual diminutos participantes se paraban a hacer valer su derecho a intervenir. Otros apreciaban una reunión al aire libre, bajo los árboles, en un césped con olor a primavera.

—El asunto está decidido —concluyó el líder—, haremos las pruebas y cuando presentemos el tema ante el Gran Consejo de Ancianos recomendaremos una votación de la colectividad completa. Ahora revisaremos cualquier otro asunto pendiente y luego concluiremos la sesión. Los comités seguirán trabajando y dentro de tres meses presentarán los resultados, ante lo cual esperamos tomar decisiones de aún mayor trascendencia.

Ante la importancia de los acalorados temas recién discutidos se presumía que cualquier otra cuestión tendría que esperar hasta una próxima reunión, pero no fue así. Aurelis pidió la palabra.

El líder, entre contrariado e impaciente, aceptó.

—Yo deseo traer otro tema a la mesa —expuso Aurelis.

Se utilizaba el término *traer o someter a la mesa* sin que nadie supiera a ciencia cierta cuál era su origen, perdido en los milenios. Aurelis había empezado de una manera pausada, con la aparente intención de volver a captar el interés de la audiencia, asunto nada fácil después de tan escabrosa discusión.

—Y el mismo —continuó— creo que es aún de mayor repercusión...

—A ver, Aurelis —indicó el líder, calmando los murmullos que se habían desatado—, creo que tu introducción ha ganado nuestra atención.

La expresión estaba llena de una pasión poco común en esta sociedad, pálida reminiscencia de las discusiones de los álgidos temas políticos de otrora.

—He estado analizando una posible utilización del cambio genético y del injerto bioelectrónico asociado. Si alguno de los distinguidos miembros ha pensado como yo, aquí no lo ha dicho. Me voy a permitir hacerlo, pues considero como deber de nuestro grupo analizar todas las aristas posibles, aunque sean usos diferentes a los que planeamos cuando definimos los objetivos del cambio que hoy tenemos en la balanza.

Los desesperantes rodeos que intencionalmente estaba dando Aurelis lo hacían merecedor de otra interrupción del líder, tal vez más severa, mas éste decidió no hacerlo y permitirle culminar su curvilíneo planteamiento. Presentía la explosión de una bomba de gran potencia.

Después de una pausa que parecía diseñada para aumentar la ansiedad de sus colegas por saber qué demonios se traía entre manos, Aurelis prosiguió:

—Bien, hablo de la inmortalidad.

La batahola que siguió, aunque de una naturaleza diferente a la que se hubiera generado en una reunión frente a frente, no fue por ello de menor impacto. La palabra era demasiado pesada y, en efecto, nadie la había traído a la mesa durante todo el período de más de diez años desde que la idea del cambio genético y el injerto bioelectrónico asociado había sido propuesta. Después de asimilar la explosión, que tal como había presentido resultó de muchos megatones, Ramis, con el espinazo erizado, intervino:

—Aurelis, creo que tienes mucho que explicar. Has puesto sobre el tapete —tampoco se sabía de dónde procedía esta expresión— una palabra muy grave. Te ruego que nos aclares el alcance de tu planteamiento.

Haciendo el equivalente a un gesto severo cuyo áspero roce todos sintieron directamente en la mente, Aurelis inició su ponencia:

—Al concebir una forma de conectar el cerebro directamente a la colectividad a través de un conector bioelectrónico, lo cual resultará en millones de veces más conexiones directas al cerebro que con el integrador, faltará muy poco tiempo para que alguien diseñe una forma de transferir toda o casi toda la información del cerebro a un dispositivo externo de almacenamiento. Este sería el primer paso para que luego se establezca alguna forma de transferirlo de vuelta a un nuevo cerebro vacío. A un clon del ser original, por ejemplo.

Más desorden… La asombrosa arista planteada por Aurelis tenía el potencial de convertirse en algo totalmente diferente al objetivo originalmente planeado. Nuevas y muy poderosas fuerzas seguramente entrarían en juego ante esta posibilidad. El líder tenía que hacerse sentir, si aspiraba a merecer el apelativo; siempre se ha dicho que un líder se prueba es en los momentos difíciles.

—¡Orden! —irrumpió Ramis con fuerza— Las implicaciones del planteamiento que nos ha regalado Aurelis requieren toda nuestra atención.

Nadie se acordaba ya de las propuestas de Emelis, que en su momento parecieron polémicas.

Ramis, en un tono formal, invocó sus poderes como líder del grupo de estudios genéticos para declarar el tema como secreto absoluto. Nadie estaba en libertad de comentarlo ni discutirlo fuera del grupo hasta que fuera analizado a profundidad y existiera una posición de consenso.

—A ver, Eolis, tú diriges el comité de tecnología de nuestro grupo, ¿cuál es tu opinión?

—He tenido muy poco tiempo para hacer esta consideración, pero en teoría lo que plantea Aurelis parece posible.

Continuó explicando que habría, sin embargo, que resolver aún muchos problemas, especialmente para *descargar* la información inconsciente, así como para volver a *cargarla* a un nuevo cerebro.

—Lo más importante para lograr la inmortalidad —lo dijo casi con sorna— es casualmente lo que parece más factible: almacenar en una memoria electro-química el contenido del cerebro.

Aquello sería lo más crítico para alcanzar el objetivo pues, aunque resultase difícil encontrar una forma para volver a transplantar esa información directamente en un nuevo cerebro, existían muchos mecanismos alternos que permitirían lograrlo, si bien en una forma menos fiel —explicó—. Por otra parte, se podría almacenar toda esta información en Cunctus y hacerla disponible sólo al nuevo ser, quien podría recuperarla vía los mecanismos existentes, análogos al recuerdo individual; así, parte de sus remembranzas residirían en la memoria de la colectividad. En fin, aunque hubiera aún muchas barreras por superar, parecía seguro que eventualmente sería posible lograr aquella extraordinaria hazaña.

—Evidentemente —retomó la palabra Ramis— estamos ante algo potencialmente factible y, aunque no lo sea ahora, lo podría ser en un futuro próximo si apuntamos nuestros recursos tecnológicos en esa dirección… y las implicaciones son inmensas. A menos que alguien tenga una bomba de mayor poder reservada para esta reunión, propongo concluirla. Tenemos bastante material para considerar y para investigar. En la próxima sesión nuevamente someteremos el tema a discusión.

El silencio conspicuo de los atribulados participantes fue sinónimo de aprobación de la moción.

Había concluido la reunión más compleja, álgida e importante que pudieran recordar los miembros de aquel grupo olvidado.

La pregunta en la mente de todos era ¿hasta dónde llegaría esta iniciativa?

¿Sería realmente factible, como civilización, lograr la inmortalidad?

CAPÍTULO IV

Martis reincidió en su búsqueda. Seguía interesado en los detalles y orígenes de aquella enigmática crisis del primer milenio y, mientras escudriñaba, decidió ponerse en contacto con Donis. Como era lo más probable, lo encontró *incorporado*.

Después de los saludos, Donis le preguntó:

—¿Has seguido con tus intereses especiales? —parecía una clave.

—Sí, de hecho estoy en el proceso de búsqueda de información sobre la crisis del primer milenio. He encontrado lo usual; en mayor detalle, desde luego, puesto que he continuado indagando y agudizando los sentidos.

Propuso pasar posteriormente a comunicación privada, pues en modo de búsqueda no era posible establecer esa modalidad de conexión.

Así lo hicieron, confiando situarse al margen, según todos daban por hecho, de los oídos de los diversos grupos y comités del Gran Consejo de Ancianos.

—La crisis del primer milenio —expuso Martis— parece haber dado como resultado la primera y hasta ahora la única corrección importante al arraigado paradigma de nuestra civilización. Desde que se estableció Cunctus, la organización social se ha continuado moviendo en un solo sentido, el de la colectivización.

—Lo más interesante de esa crisis es que los seres humanos parecían estar satisfechos de ir abandonando, paulatinamente pero a paso firme, la individualidad, hasta que...

Juntos repasaron la historia; fue la psicología del individuo la que no soportó aquella tendencia acelerada, apareciendo el síndrome de ansiedad de aniquilamiento. De allí surgió el primer cambio importante para compensar y mantener algún grado de vida privada. Aunque no fue la única causa de la crisis.

—Es la sociedad actual... ¿no te das cuenta? ¡Estamos estancados!

—Esas son palabras mayores —dijo Donis.

—Pero es la realidad. Los dos últimos milenios apenas han traído cambios y todos ellos fueron en el sentido de hacer a la sociedad más estable. Pero, dado el nivel actual, es equivalente a la inmovilización.

—Estoy de acuerdo, pero... ¿no será que esta conversación se hace peligrosa?

—Es privada e individual, ¿no es así?

—¿Lo es? —preguntó Donis con sarcasmo.

—Si no lo fuera, los cimientos de nuestra sociedad estarían podridos y estaríamos en capacidad de apelar al Gran Consejo de Ancianos.

—Apelar para que nos dejen seguir hablando sobre temas que ellos juzgan sacrílegos. ¡Vamos Martis! ¿Qué dices?

—¿Y qué otro medio de comunicación tenemos? ¿Dónde habitas?

—En la zona boreal de América del Norte, al oeste, en la isla de Frisco.

Martis no podía creer su buena suerte. ¡Donis vivía en la misma isla! Aunque Martis habitaba más al sur, en una hermosa área conocida por el extraño nombre de Valle de Siliconnia. Si bien en la sociedad del séptimo milenio EC la necesidad de transportarse era mínima, existían los medios y no era algo demasiado fuera de lo común. Para todos los individuos —pensó con ilusión—, era ocasionalmente necesario realizar actividades fuera del lugar de su residencia, pero más que todo dentro de un perímetro el cual apenas excedería para llegar a la vivienda de Donis. Seguramente nadie tomaría nota de sus visitas; al menos no por la distancia. Aunque, pensándolo bien, tendría que considerar a Unis. No era común que se realizaran viajes, aun cortos, durante el proceso guía. Eso tendría que tomarlo muy en cuenta para no llamar la atención.

—¡Excelente! Casi no lo puedo creer; pensar que podrías haber vivido en cualquier parte del planeta y vives en la misma isla que yo. Es fantástico. Aunque conocemos nuestro aspecto físico a través de Cunctus, nunca nos hemos relacionado personalmente.

Aquello no era extraño, pues así eran usualmente las cosas. Eran ellos quienes intentarían hacer algo fuera de lo común al pretender reunirse cara a cara.

¿Cómo sería aquel encuentro? —pensaba Martis— ¿Sería una desilusión? ¿Podría compararse una reunión personal con una a través de Cunctus, en la cual se podían transmitir casi pensamientos y emociones? Tendría que desempolvar sus habilidades dialécticas; sería el lenguaje hablado el vehículo para transmitir sus inquietudes y anhelos. Se sintió aprensivo…

»No soporto ya el nivel de estancamiento de la sociedad actual. ¡Me ahoga!

—Calma, Martis. Creo que estás hablando demasiado. No podemos estar seguros que las conversaciones privadas no sean escuchadas. Te insisto.

—Es sabido que se pueden escuchar, Donis, pero con una autorización expresa de la comisión de seguridad del Gran Consejo de Ancianos.

—Sí, lo sé. Pero no sigamos hablando aquí, me pone nervioso. Continuemos buscando información y pongámonos de acuerdo para visitarnos en un futuro próximo. Puede ser cualquier día. Eres tú quien cuidas de Unis, así que eres tú quien tiene alguna restricción.

—Bien, nos pondremos en contacto.

Mirando a su alrededor, Martis podía ver en cada artículo de su vivienda la huella de la avanzada tecnología con la cual la colectividad seducía a los individuos. Casi desapercibidos, había una miríada de sensores controlados por la inteligencia artificial de la casa, conectada a Cunctus; abundaban también los utensilios, los cuales automatizaban casi cualquier labor. Todas las piezas de su casa relucían, limpiadas y esterilizadas cada noche por diminutos insectos artificiales que recorrían cada rincón, eliminando cualquier residuo de la existencia diaria así como a sus homólogos poseedores de la vida misma.

Los seres humanos ya no realizaban trabajos pesados; éstos eran llevados a cabo por máquinas especializadas que requerían un mínimo de supervisión, la cual se efectuaba a través de la colectividad en casi la totalidad de los casos. Eran máquinas controladas remotamente, pero utilizando a Cunctus como medio de mando y control. Así, cualquier problema podía ser registrado, permitiendo aprender de los posibles errores cometidos ya sea en el diseño de las máquinas, en su operación, o causados por eventos externos fortuitos los cuales se debieron o pudieron prever.

La colectividad era un instrumento de apoyo a la civilización y era el vehículo mediante el cual el hombre creía haber llegado a un estado de satisfacción.

A pesar del acuerdo de suprimir las comunicaciones entre Delis y el grupo de estudios de la prehistoria, al cabo de veinte días Claris recibió un mensaje en clave y sin remitente aparente. La sucinta nota, envuelta en misterio y expectación, parecía estar destinada a ser recibida justo antes de la siguiente reunión ordinaria.

—"No hay preguntas" —dijo Claris, leyendo el mensaje supuestamente enviado por Delis—. Podemos presumir que no existe controversia alguna y menos aún investigaciones sobre nuestro grupo.

Donis, quien presidía la reunión mensual, añadió:

—¡Magnífico! Eso implica que podemos seguir con nuestras investigaciones; considero que este mensaje también significa que no hay problemas con Martis.

Claris concordó. Una persona de la inteligencia y sabiduría de Delis tendría que haber revisado este caso como parte de su investigación. Además, el mensaje estaba en plural.

Donis propuso entonces retomar la admisión de Martis, la cual se había decidido demorar. No parecía necesario hacerlo ahora. Lo más importante era evitar que su desplazamiento físico durante aquel singular proceso llamara la atención.

—Moris, tú estás encargado del cedazo de seguridad. ¿Algún hallazgo adicional?

Nada. El único problema encontrado había quedado expuesto en la reunión reciente: Martis anteriormente había llamado la atención de un comité del Gran Consejo de Ancianos.

—¡Eso es lo que necesitamos! —exclamó Claris—. ¿Adónde vamos a llegar si los nuevos miembros no cuestionan las cosas? ¡Propongo su admisión!

Nadie tuvo objeciones. Todos sabían que el grupo estaba estancado; con la pérdida de Delis como miembro activo era imprescindible incorporar nuevas piezas. Y no se trataba de admitir a *cualquier* miembro; se requería de rebeldía como cualidad esencial, aunque, por supuesto, combinada con inteligencia y buen juicio. De lo contrario, el estudio de la prehistoria quedaría relegado a una actividad teórica estéril. Por primera vez en mucho tiempo la esperanza abrazó la reunión, penetrando el alma inquieta de aquellos individuos indómitos quienes no se conformaban con aceptar las restricciones impuestas por la colectividad.

Luego de recibir la aprobación unánime, Donis pasó la palabra a Patris, quien había solicitado plantear una interrogante producto de sus recientes investigaciones.

—Al estudiar el tema de la crisis del milenio —dijo el joven Patris—, he encontrado referencias que sugieren más de un motivo para la crisis. Sin embargo, no son suficientemente específicas como para saber a qué otras causas se pudieran vincular...

Patris había ganado la atención de la concurrencia. Sentados en aquel círculo que semejaba un reloj de antaño, las manecillas que marcaban al orador también conllevaban un tic-tac que inexorablemente los llevaría a chocar con el orden establecido. Aún sin así concebirlo, estaban intentando averiguar secretos que seguramente implicarían un reto al paradigma de la sociedad, el cual duraba ya varios milenios.

—Por ejemplo —continuó—, cuando aluden al síndrome de ansiedad de aniquilamiento se refieren al remedio y no a las fuentes del trastorno. Sin embargo, dichas referencias sí sugieren que hay más de una raíz.

—¿Otras causas? —inquirió Claris— No he visto esas referencias.

—Pero existen. En una de ellas dice lo siguiente: "…la situación de los infantes antes de que pudieran valerse por sí mismos, así como de los cambios en las costumbres milenarias…". Como pueden apreciar, hay una referencia a *cambios en las costumbres milenarias*. En principio pudiera atribuirse a las costumbres de cuidar al infante y al desarrollo del llamado *apego*, pero a mí me parece que se refiere a otras costumbres las cuales conspicuamente no se especifican. Esto es sólo un ejemplo, pero hay muchos otros.

—¡Sorprendente! —exclamó Claris— Estoy seguro que la mayoría de nosotros hemos leído esta referencia mil veces y nunca habíamos visto esta posibilidad. Aunque sigo sin estar seguro que tenga el significado que le otorga Patris, considero importante estudiar el hallazgo. Esta puede ser una importante pista hacia algo vedado en *la historia oficial*.

Rulis, el miembro más viejo del grupo ahora que Delis había pasado a otro estadio, objetó el planteamiento de Patris. Siguió un forcejeo dialéctico entre la sangre nueva y rebelde y la experiencia bien intencionada pero finalmente aferrada a lo aprendido y trillado, resistente a aceptar ideas innovadoras, especialmente aquellas que podrían implicar que los más viejos hubiesen tenido las pistas frente a sus ojos y no las hubiesen sabido identificar.

Por una parte, Patris tenía un caso débil. Eran referencias muy tenues y, tal como objetaba Rulis, parecía necesario torcer las frases para poder especular que había algo más, algo oculto. Sin embargo, el inquieto novicio estaba seguro de su existencia. Tal vez era una suspicacia inconsciente que le hacía ver algo velado en aquellos textos antiguos.

El veterano Rulis, por otro lado, se sentía seguro que estaban ante suposiciones de un joven inexperto, con alucinaciones producto de una búsqueda desesperada, y cuyo único corolario sería una concertada pérdida de tiempo. Irían por un camino de especulaciones y seguramente equivocado.

Presentes en aquella sesión —no se podía descartar aquel hecho— había seres de diferentes generaciones… más de cien años de distancia entre algunos de ellos. Aunque un siglo no deparaba cambios importantes en tal sociedad, sí lo hacía en los individuos. Se trataban de tallos nuevos y maleables, en búsqueda de la luz solar, contra viejos troncos de árboles grandes y frondosos, pero con una gruesa corteza y casi sin flexibilidad para retomar nuevas rutas hacia aquella luz que todos, en su día, querían alcanzar.

Ninguno daba el brazo a torcer, pero al final Donis impuso la solución. No era el más viejo; sin embargo, había estado muy cerca de Delis y había aprendido muchas de las cosas que habían hecho de aquél el líder indiscutible del grupo, no sólo por ser su fundador, sino por su sabiduría y experiencia. Donis se estaba convirtiendo rápidamente en el nuevo líder.

—No podemos seguir con esta conversación estéril. Es notorio que ni Patris ni Rulis parecen dispuestos a aceptar el punto de vista contrario. Es una lástima, pues nos gusta tomar las decisiones por consenso. Sin embargo, considerando que las exploraciones actuales se encuentran casi en punto muerto, propongo que durante el período comprendido entre esta reunión y la próxima demos una oportunidad a los planteamientos de Patris, buscando referencias adicionales, individual y colectivamente.

El abanico de emociones de aquellos seres inquietos probaba la capacidad de liderazgo de Donis. En la próxima reunión se analizarían los hallazgos y se tomaría una mejor decisión. No tenía sentido rechazar esta vía de estudio por razones teóricas sin haber intentado encontrar más pistas sobre lo que apuntaba Patris. Era una buena idea y, en todo caso, no tenían mejores opciones en este momento. Después de una a veces acalorada discusión, todos coincidieron.

Como un gigante durmiente, pinchado por una pequeña hormiga, el grupo había despertado y, como el alba de un despejado día de verano, el futuro se prometía alentador.

Grupo de estudios de la prehistoria (clandestino)
Delis
Claris
Donis
Martis
Moris
Patris
Rulis

Grupo de estudios genéticos
Ramis
Emelis
Aurelis
Eolis
Gloris

Consejo Supremo
Plinis
Arcturis
Alesis
Aramis
Simanis
Yaris

[illegible]
[illegible]

Museo de Historia [illegible]
[illegible]

[illegible]
[illegible]

[illegible]
[illegible]

CAPÍTULO V

Desde el establecimiento de la colectividad, el año, que ahora iniciaba con el primer día de primavera del hemisferio septentrional, se había reestructurado en doce meses de treinta días, divididos a su vez en cinco semanas de seis días. Sobraba una semana especial de cinco o seis días, fuera del calendario regular, que se dedicaban a las meditaciones de renovación. En ese período y por única vez en el año, la colectividad, en un ritual fantasmagórico, entraba en estado comatoso durante el cual sus miembros se dedicaban a reflexionar individualmente con el objetivo de generar nuevas ideas para el año venidero.

Era un fútil intento por evitar el estancamiento. La gran mayoría de las ideas presentadas, brillantes u opacas, eran rechazadas; las escasas ideas aceptadas típicamente no implicaban cambios sustanciales al orden establecido. Al fin y al cabo, el Gran Consejo de Ancianos estaba complacido con el estado de las cosas. Era como una colmena que no se percataba del próximo derribo del árbol que la soportaba, y quien se atreviera a tal augurio correría la suerte deparada al mensajero portador de malas noticias.

Mientras Donis avanzaba en el proceso casi inconsciente de asumir el liderazgo del enmohecido grupo de estudios de la prehistoria, única esperanza para sacarlo del letargo, su maestro, Delis, utilizaba sus nuevos privilegios como miembro del Gran Consejo de Ancianos para llevar a cabo sus propias exploraciones. Estaba impaciente por disipar la densa neblina que envolvía la historia del primer milenio, como preludio a su inmersión en la prehistoria. Esa impaciencia a veces le angustiaba hasta los límites de elasticidad de sus resortes anímicos. Sin embargo, debía seguir las reglas establecidas y en vigencia desde hacía milenios, aunque en ocasiones sintiera su salud mental en peligro.

Después de estudiar la guía de orientación para los nuevos miembros del consejo, Delis estaba tratando de comprender la estructura de información ahora disponible. A diferencia de cualquier individuo de la colectividad, había descubierto que para los integrantes del Gran Consejo de Ancianos el proceso de búsqueda requería mayor concentración y esfuerzo, pero los frutos resultaban más jugosos.

Para ellos estaba disponible, además del usual método asociativo, otro semejante a utilizar el recuerdo de una serie consecutiva de temas de estudio, el cual les permitía evocar, en una forma ordenada, los mismos.

Descubrió la existencia de una colección de información separada, clasificada, se podría decir que secreta, la cual era asequible sólo a los integrantes de aquel selecto clan. Este hallazgo le reiteraba la confianza de que había sido una buena decisión separarse del grupo y adscribirse al consejo, a pesar del enorme sacrificio emocional al que se había sometido.

Le frustraba saber que no podría disponer inmediatamente de toda esa preciada información, pero tendría que adaptarse; esa forma parecía ser la única que le permitiría llegar a obtener aquello que infructuosamente había buscado durante nueve décimos de su vida.

En el ojo de la tormenta, Ramis, como líder del grupo de estudios genéticos, a pesar de su prohibición se veía obligado por las reglas establecidas a comunicar la situación al miembro del Consejo Supremo responsable de supervisar las actividades de su grupo.

Este secreto consejo, como su nombre lo indicaba, era un clan selecto dentro del Gran Consejo de Ancianos; éste ejercía la dirección real de la sociedad. Sólo los líderes de los grupos de estudio sabían de su existencia; especulaban que había casi una correspondencia biunívoca entre los diferentes grupos de estudio y los miembros del Consejo Supremo. Si ese fuera el modelo, existiría un gran número de participantes. Se habrían sorprendido al saber que se trataba de menos de una veintena.

Las estructuras de poder habían cambiado con los milenios, pero la naturaleza del poder seguía siendo la misma.

Y éste seguía siendo codiciado.

—Arcturis, tengo importante información que comunicarle.

—¿Requiere conversación privada? —preguntó Arcturis, intentando determinar si se trataba de algo realmente trascendente.

—Sin duda —insistió Ramis.

Arcturis estaba al tanto del cambio genético y del injerto bioelectrónico asociado que se preparaban en el grupo de estudios genéticos y presumía que iba a recibir un informe sobre el avance. Sin embargo, esta importancia extraordinaria que Ramis le estaba asignando le intrigaba.

—A ver, Ramis, adelante —inmediatamente supieron que estaban en modo de conversación privada.

—Necesito saber cuánto se ha estudiado sobre la inmortalidad.

—¿A qué viene eso? —preguntó Arcturis, tratando que en su entonación no se percibiera la sorpresa.

Ramis pasó a explicarle que, como una consecuencia imprevista del cambio genético y el injerto bioelectrónico asociado, se había planteado la posibilidad de que algún grupo intentara utilizar este desarrollo para pretender la inmortalidad. A pesar de ser sólo una propuesta que aún estaría lejos de poder convertirse en realidad, no parecía estar demasiado lejos.

—Es por ello que necesito saber si la inmortalidad se ha estudiado anteriormente —dijo Ramis—. Si no es así, tendría que hacerse. Es algo que escapa al grupo de estudios genéticos, pues se trata de un tema en el campo de la filosofía y la sociología.

—Lo primero que debo responderte, Ramis, es que la posibilidad de lograr la inmortalidad, o más bien períodos de longevidad mucho más prolongados que los actuales, ha sido considerada. Se ha teorizado sobre su efecto en la civilización como la conocemos hoy. Se concluyó que ineludiblemente produciría un estancamiento casi total en el desarrollo de la sociedad, incluso en el caso de lograrse en el ámbito de un grupo minúsculo de poder. Uno de los problemas más importantes que estudia el Consejo Supremo, apoyado por diversos grupos de estudio —omitió decir que cada uno de esos grupos, individualmente, ignoraba la problemática completa—, es la probable existencia de una parálisis social. La posibilidad de extender la longevidad se considera en contraposición a romper ese estancamiento. Por ello se ha rechazado cualquier cambio que extienda la vida promedio. La inmortalidad ni siquiera se ha considerado y, de hecho, no he visto ningún avance indicativo de que sea alcanzable en un período tal que haga valer la pena su consideración. Hay estudios serios que apuntan hacia la imposibilidad de suspender completamente el proceso de envejecimiento. Este proceso es parte intrínseca de la propia naturaleza de la reproducción celular y en consecuencia imposible de detener.

—Es que se trata de otro mecanismo.

En una transmisión de pensamientos hecha realidad por los casi fantásticos mecanismos tecnológicos de Cunctus, en la cual, sin embargo, estaban casi ausentes las emociones, Ramis refirió a un sorprendido Arcturis todos los detalles, incluyendo las minucias, de aquellas conversaciones que seguramente pondrían la civilización a prueba. Mientras Ramis se expandía en sus explicaciones, Arcturis consideraba el impacto dentro del Consejo Supremo. Si realmente fuera posible… la tentación sería muy grande. Después de una divagación intelectual que dejó algo desorientado a Ramis, Arcturis le conminó a proseguir.

—A grandes rasgos, eso es todo —dijo finalmente—. Creí importante traer esto a su atención y consideración. He prohibido a los miembros tratar el tema fuera del grupo, pero es importante que se consideren rápidamente las acciones a tomar. En mi opinión, existe convicción entre nuestros integrantes que lo planteado es factible. Inicialmente sería difícil lograrlo a escala masiva, pero estaría al alcance de una elite, y evidentemente sería la de mayor poder. Esto, ahora lo veo patente, haría que los efectos sobre la sociedad fueran a grosso modo de igual impacto, pues afectaría a los individuos más influyentes.

Arcturis trató de transmitir a Ramis su convencimiento de que tal cosa resultaría imposible. No debía preocuparse por esta remota posibilidad. El Gran Consejo de Ancianos nunca permitiría la búsqueda de la inmortalidad, aunque ésta llegase a ser técnicamente factible… lo cual aún parecía imposible.

—Continúen con las investigaciones —dijo, sin embargo—. Pero hagamos más frecuentes nuestras conversaciones. Mantenme informado de cada reunión del grupo y de sus conclusiones. Si crees necesario solicitar una conferencia extraordinaria, hazlo sin ningún reparo.

La reunión concluyó, pero no así el análisis del tema. Las posibilidades planteadas por los avances del grupo de estudios genéticos eran inmensas. Arcturis sabía que tenían la potencialidad de crear un profundo cisma en el Gran Consejo de Ancianos y, si llegase a saberse, en toda la sociedad. Era importante que se manejara en forma discreta, mas no iba a ser fácil. Seguramente existirían muchos miembros de dicho consejo que por su edad querrían acelerar las pruebas con el propósito evidente de incluirse entre los beneficiados. Se tranquilizó pensando que, al tratarse de un cambio genético, ello descartaría a toda la generación viviente; sin embargo, tal vez habría alguna forma…

Se había llegado a un nuevo hito para la civilización. Seguramente la historia describiría esto como el inicio de una nueva era de la humanidad.

El período siguiente al establecimiento de la colectividad, ¿sería el de la inmortalidad?

CAPÍTULO VI

La semana siguiente, con una mezcla de entusiasmo y aprensión, Donis se dispuso a contactar a Martis con el objeto de visitarle. Lo primero que hizo fue referirse a la dirección física de su vivienda y buscar las coordenadas en el mapa de la isla. Era de conocimiento común que aquella bella isla de Frisco no había sido siempre tal. Grandes movimientos telúricos y cambios en el nivel del mar habían separado la península original de la tierra firme, conformando la geografía actual, cerca de tres milenios atrás. Había sido una catástrofe, recordó Donis la historia. Le tranquilizaba saber que ahora se disponía de sofisticados algoritmos, muy precisos, para pronosticar los movimientos sísmicos y evacuar a las personas en caso de necesidad. Aunque los medios de transporte masivo no eran muy eficientes, cuando se requería hacer movimientos de gran cantidad de personas, por este tipo de emergencias, se unificaban los recursos de todas las áreas aledañas generalmente con excelentes resultados. Sabía que los nuevos métodos permitían predecir estos fenómenos con muchos días de antelación y con una alta probabilidad de acierto. Se lo repetía, como para no amedrentarse; sabía que las fuerzas de la naturaleza estaban muy por encima de las capacidades del ser humano, por más tecnología de la que dispusiera.

Sin saber a ciencia cierta si la aprensión que sentía era a las fuerzas de la naturaleza o de la colectividad, por las acciones que estaba a punto de iniciar, expió dichos temores completando sus planes de transporte; luego procedió a contactar a Martis.

Éste sintió el toque directamente en su mente.

—Requiero que me des una cita para ir a visitarte —dijo Donis, después de los preliminares—. Ya he planeado la ruta y no tendré problemas en llegar a tu vivienda.

—Por supuesto, pero… ¿no me puedes adelantar el tema? Me has dejado muy curioso.

—No es conveniente; prefiero tratarlo personalmente. Necesito que me indiques cuándo te resulta más cómodo recibir mi visita. Eres tú quien está llevando a cabo el proceso guía con Unis y, por lo tanto, eres quien tiene limitaciones.

Con entusiasmo, discutieron las opciones llegando finalmente a un acomodo.

—Magnífico. Pasado mañana, al mediodía, estaré allí… Ah, se me olvidaba —añadió—, necesitamos reunirnos en un lugar donde se hayan desconectado los dispositivos de comunicación de tu vivienda. Así estaremos seguros de que nadie nos escucha y ningún artilugio memoriza nuestras conversaciones.

Después de despedirse, Martis siguió intrigado. Si bien sabía que seguramente se trataba de una consecuencia de la conversación de unas semanas atrás, no sabía hasta dónde podría confiar en Donis. En el pasado había tenido percances con las investigaciones que había realizado. Donis había aceptado, por su parte, que también había tenido problemas… y más serios aún que aquellos enfrentados por el propio Martis. ¿Podría creerle? Esperaría ver el tono de la conversación. No iba a ser fácil pero, al fin y al cabo, por fin estaban sucediendo cosas en su vida con el potencial de hacerla realmente emocionante.

El tiempo pasó muy rápido y Martis pronto se encontró frente al rostro de Donis en el visor de la puerta de su vivienda. Era un rostro familiar; sin embargo, no podía dejar de pensar que nunca le había conocido personalmente.

En aquella época, las pocas emociones intensas giraban alrededor de intereses intelectuales, de los hallazgos producto de las investigaciones y del establecimiento de hipótesis que luego conducían a nuevas exploraciones, muchas de las cuales en otras épocas podrían haber sido calificadas de *arqueología de información*. Pero para Martis y Donis, quienes sentían a la vida vacía de verdaderas pasiones, las aventuras estudiando períodos prohibidos prometían evitar una vida hueca y letárgica. Se trataba de etapas de la historia injustificadamente vedadas ante sus ojos, pero no frente a los del Gran Consejo de Ancianos.

Al conocerlo personalmente, Martis advirtió que el color de la piel de Donis era algo diferente a lo que se apreciaba a través de Cunctus. El tono de su piel era de un verde más claro de lo que así había percibido.

Era sabido que desde tiempos inmemoriales se había introducido cambios genéticos para que la piel humana poseyera cierto contenido de clorofila. El concepto, robado del mundo vegetal, se consideró como una mejora genética importante. El sol dejó de ser un enemigo de la piel, con la posibilidad de crear una peligrosa degeneración genética, común en la antigüedad; ahora ayudaba a proveer energía al cuerpo, con el previsible resultado de que se necesitaba ingerir menos alimentos y menos oxígeno. El proceso bioquímico tampoco resultaba completamente igual al de los vegetales. Era un proceso modificado, mejorado, diseñado y fabricado por el hombre, manipulando el ADN humano, en un juego atrevido con los cimientos de la vida.

Al entrar, Donis observaba la vivienda de Martis con detenimiento. Buscaba, con una mezcla de aprensión y esperanza, cualquier indicio de problemas. Sin embargo, sin saber qué buscar, se limitó a corroborar que no existía ningún diferenciador sospechoso en el hábitat íntimo de su futuro colega.

El interior de la vivienda, como era usual, declamaba la sobriedad de la época. Los muebles fijos eran del mismo material blanco del cual estaba construida la edificación, incluyendo las paredes interiores, el piso y el techo. El color blanco parecía ser el distintivo del mundo artificial inanimado, en contraste con el verdor de la naturaleza, el cual ahora alcanzaba hasta el propio ser humano. Dispositivos electro-químicos permitían convertir una pared en un gran mural de un bosque, del mar o, en fin, de cualquier paisaje natural. Algunos, sin embargo, preferían murales abstractos, más apropiados, pensaban, para el mundo virtual del séptimo milenio.

Después de trivialidades y de conocer al bebé, quien se estaba desarrollando rápidamente, compartieron un almuerzo ligero. Luego fueron directamente al tema. Sólo tendrían dos a tres horas para conversar, cortesía de Unis.

—Martis, antes de iniciar nuestra conversación te pido que me asegures que será estrictamente confidencial. Si no deseas tomar parte en lo que te voy a proponer, y si así lo decides, no sabrás más de mí; pero es imprescindible que me prometas que no lo comentarás con nadie, independientemente de tu respuesta.

Martis asintió, haciendo patente su intenso interés.

—Formo parte de un pequeño grupo de personas inquietas —reveló Donis, cauteloso—, quienes no aceptamos estar limitados en cuanto al alcance del conocimiento. Sé que tú piensas igual en principio. Por eso te he propuesto para ser admitido a formar parte de nuestro grupo.

—¿De qué tipo de conocimiento estamos hablando? ¿Es algo prohibido?

Antes de proseguir, Donis hizo que Martis le reiterara su promesa...

—Bien —dijo finalmente, todavía con cautela—, se trata del estudio de la prehistoria. En todos sus aspectos, pero especialmente el sociológico. Por lo tanto, entenderás que estamos en una zona gris. Pudiéramos estar entrando en la región prohibida, aunque nuestra intención sea sana. Es el conocimiento de esa época, el cual hoy se desprecia, o se oculta con ese pretexto, el cual consideramos necesario comprender.

—Tienes un nuevo miembro, sin ambages —dijo Martis, con emoción.

Martis se percató que se había olvidado de su plan en cuanto a ser cauteloso con Donis. En la exaltación del momento, por el tema que tanto le apasionaba y a pesar de que esta actitud le había ocasionado problemas en el pasado, se olvidó de sus temores y se lanzó de bruces. Pensó que si no estaba en líos ya, tendría que cuidarse mucho para no meterse en ellos nuevamente. Había actuado en forma tonta, pero se sentía confiado que Donis era genuino en su interés.

—¡Me alegro! —exclamó Donis con una expresión de satisfacción y alivio en el rostro que convenció aún más a Martis de su franqueza.

Martis bombardeó a Donis con preguntas. Éste, a pesar de la necesidad de mantenerse cauteloso, estaba seguro que Martis era una muestra de esa sangre nueva que tanto necesitaba el grupo de estudios de la prehistoria.

—Ahora somos diez. Fuimos once, pero tuvimos una baja. Consideramos que no debemos pasar de una docena pues se nos haría difícil controlar al grupo y cualquier desliz podría ser fatal para nuestros intereses. Te he propuesto como reemplazo del miembro que se fue y has sido aceptado, por supuesto sujeto a tu interés. Sabemos de tus limitaciones por los cuidados requeridos por Unis, pero por otra parte serías el único miembro del grupo que ha tenido esta experiencia y consideramos que puede resultar muy útil. No sabemos cómo, pero esa vivencia puede ser crítica para entender algún fenómeno sociológico de la prehistoria o, como mínimo, útil para algún estudio comparativo.

Donis pasó a explicar la organización de las reuniones mensuales, cara a cara, para evitar conversar temas demasiado álgidos a través de Cunctus.

—¿Qué podría ser tan delicado como para justificar una acción en contra del grupo? —preguntó Martis.

—No lo sabemos. Lo que sí sabemos, tal como tú has comprobado, es que el consejo, a través de Cunctus, se opone al estudio profundo de la prehistoria. Antes de la existencia de Cunctus seguramente se contaba con alguna tecnología, por primitiva que fuese, para almacenar información. De hecho lo sabemos, aunque no tengamos detalles. Sin embargo, Cunctus sólo parece recordar algunos hechos sobre ese período. Nosotros creemos que existen secretos, los cuales, por alguna razón presumiblemente importante, no se desean revelar. Y es exactamente eso lo que nos impulsa a continuar investigando.

Martis reiteró su interés. Parecía genuino, pensó Donis. Éste explicó su cautela, ejemplificada en la pesadilla de una sonda cerebral con el potencial de convertirlos en seres dóciles sin interés por indagar y conocer. Para ellos sería equivalente a la muerte, aunque una vida limitada en el conocimiento, pensaban, sería sólo una muerte más lenta; por lo tanto, no tenían mayores problemas, al menos filosóficos. Eso no significaba que no le temieran a las consecuencias de una sonda cerebral y por ello tomaban todas las precauciones razonables.

—Comprendo, comprendo… mi última pregunta, ¿cómo hacen esos estudios, tienen alguna otra fuente de información?

Donis le explicó la sencilla metodología utilizada. A pesar de que Martis estaba embelesado con las nuevas avenidas que se abrían frente a él, la forma de investigar le parecía limitada a lo que Cunctus permitiera acceder. Donis percibió, cosa que sólo era posible en una reunión frente a frente, las inquietudes de Martis… y se alegró; era exactamente aquello que necesitaba el grupo para romper con el estancamiento.

—El problema —continuó Donis— es que últimamente nos enfrentamos a pocas pistas, por ello necesitamos refuerzos frescos, como tú, en nuestras filas. Por otra parte, debes sentirte en libertad de sugerir cambios en los procedimientos; sin embargo, me parece que primero debes participar y tener experiencia con los métodos actualmente establecidos. No es por mí, pero sí creo que es la forma cortés, además de astuta, de proceder. Como podrás comprender, tendrás resistencia de los más viejos del grupo y deberás irte ganando su respeto…

—Es natural —interrumpió Martis—. Mas, si toda la búsqueda la hacen a través de Cunctus y si además presumen secreta la información, ¿cómo la esperan obtener? —no pudo contener la pregunta.

Seguramente esa era una de las causas de las pocas pistas. Pero, ¿dónde buscar? Esa podía ser la primera investigación de Martis; le anunció que la próxima reunión sería en esa misma habitación, dentro de veintisiete días.

—¿Aquí?

—Por supuesto, así no tendrás que trasladarte. Eso podría llamar la atención, por Unis.

—Cierto. Pero yo tengo que solucionar eso. Dame tiempo. Coordinemos la próxima reunión acá y luego de allí partimos.

»De nuevo, te agradezco mucho haberme invitado. A propósito, cuéntame, ¿cuál es el tema de estudio para discutir en la próxima reunión?

—Ah, se me olvidaba. Uno de nuestros miembros, a quien por supuesto conocerás, ha encontrado referencias que parecen apuntar a causas del síndrome, o de la crisis, más allá de las conocidas…

Donis explicó el tema en el mayor detalle; finalmente se despidieron con un apretón de manos. Nadie sabía desde cuándo la humanidad utilizaba ese ritual para los encuentros y las despedidas. Decidieron que era mejor terminar la reunión antes que despertara Unis y se vieran en la necesidad de precipitar el final, dejando algún tema inconcluso.

Martis estaba deseoso de empezar su faena para iniciar las investigaciones. Quería tener algo que aportar en la primera reunión del grupo. ¿Tendría nombre el grupo? Se preguntó.

Donis se encontraba también muy satisfecho. Era un nuevo aporte, necesario para que el clandestino grupo de estudios de la prehistoria tuviera algún logro importante, el cual les permitiera sentir que la aventura de la vida había valido la pena.

Pero para eso tendrían que perseverar… y triunfar.

Aún tenían un largo camino por delante… y no había garantía de que no se tratase de una vía sin salida.

CAPÍTULO VII

Delis había proseguido con su inquisición sobre la estructura de la información disponible, en forma exclusiva, a los miembros del Gran Consejo de Ancianos. Aborrecía sentirse perder el tiempo cuando podría estar navegando ya en mares ignotos y portentosos. Como nuevo en este tema, le estaba costando considerable trabajo acceder a lo que realmente le interesaba. Era como en otros tiempos leer un libro de referencias, pero sin índice. Para obtener la información había que leer todo el detalle precedente, o bien, abrir una página cualquiera y correr la suerte casi segura de pasar por alto aquello que casualmente se estaba buscando.

Delis no concebía el probablemente oscuro propósito de haber organizado la información en esa forma, dada la evidente capacidad de Cunctus de proveer memoria asociativa. La única explicación plausible parecía ser la de tener la información disponible, pero a la vez oculta para quienes ignoraban aquellos nada evidentes métodos.

Como miembro bisoño del consejo no pertenecía aún a ningún grupo de estudio. O, más bien, pertenecía al grupo de los novatos, el cual debía completar aún la preparación necesaria para entonces, una vez considerados diestros en el manejo de los recursos disponibles, estar en capacidad de hacer algún aporte de importancia.

Como novicio, Delis presumía no ser objeto de atención. Sus referencias seguramente habían sido escrutadas durante el proceso de admisión y, una vez concluido, no habría nada que vigilar. Al momento de solicitar la admisión a algún grupo de estudio volvería a atraer las miradas. En muchos aspectos Delis se sentía como vuelto a nacer. Había entrado en un mundo nuevo y, a pesar de su edad, se sentía como un niño viviendo por fin dentro de un libro de cuentos, el cual solamente había contemplado a distancia y con enigmática expectación.

Pensó que tal vez la información residiría, por así decirlo, en diferentes compartimentos accesibles sólo a particulares grupos de estudio, según sus requerimientos. Pero si ello fuese así, y todo indicaba en esa dirección, ¿quién organizaría esta información? ¿Implicaría aquello la existencia de una organización separada, a otro nivel, en el ámbito de la colectividad e independiente del consejo? Esto traería una nueva dimensión a todas las preguntas consideradas en el grupo de estudios de la prehistoria. ¿Se trataría acaso de la existencia de un pequeño grupo en un nivel superior o dentro del mismísimo Gran Consejo de Ancianos quienes dirigían a una cándida sociedad y organizaban la información de tal manera que nadie tuviera acceso a su conjunto? Si así fuera, ese grupo seguramente guardaría para sí, con quién sabe qué ocultos intereses, el privilegio del acceso a la totalidad de la historia almacenada en la colectividad.

Delis decidió que tendría que ir paso a paso y con mucha cautela. Sólo de esa forma no se arriesgaría a llamar la atención demasiado pronto. De alguna forma estaba convencido que tarde o temprano lo haría. Sólo esperaba con ansiedad que sucediera en una etapa postrera.

Tratando de realizar una prueba, intentaba obtener información de aquel período prohibido. No se sentía diestro aún en cómo moverse —*navegar* era el término utilizado— dentro de los inmensos volúmenes de información disponibles al consejo. Era como desplazarse en las ramas de un árbol. Usualmente había que regresar al tronco o a la rama origen antes de cambiarse de rama. No era fácil saltar de una a otra; podía uno aterrizar en cualquier sitio, incluso en uno peligroso.

Escudriñando las profundidades de Cunctus descubrió que en algún momento durante aquella época recóndita se desarrolló un mecanismo de comunicación, memoria y procesamiento de información colectivo; un embrión del cual en unos cuantos siglos emergió la colectividad. Desde que se desarrolló tal capacidad se analizó su potencial en beneficio de la humanidad. Se produjeron un sinnúmero de debates sobre las implicaciones sociales y filosóficas de establecer las nuevas reglas de la sociedad. La información obtenida indicaba que la humanidad de otrora se definía muy diferente, pero no se daban luces sobre los contrastes; era evidente que se podía imaginar algunos, pero no pasaría de suposiciones incompletas. ¿Cuáles serían los secretos? La información encontrada se concentraba especialmente en el período comprendido entre el establecimiento de los mecanismos que sirvieron de base para la creación de la colectividad y la fecha en que ésta se estableció formalmente y desde la cual se empezaron a contar los años de la nueva era. Ese período, oculto y desdeñado a la vez, comprendía entre dos y tres siglos.

A partir del establecimiento formal de la colectividad había desaparecido todo vestigio del gobierno mundial y todos los ciudadanos pasaron a formar parte de la nueva estructura social, manteniendo, no obstante, un remanente de individualidad. Si bien Roma no se construyó en un día, los años de la nueva era se empezaron a contar a partir de aquella votación global que aprobó el cambio más importante en la sazonada historia de la civilización, desde que el hombre empezó a vivir en ciudades en un pasado remoto y olvidado.

Al final, la clasificación de la era prehistórica, conocimiento que por primera vez arrancaba a Cunctus, se había establecido alrededor de cuatro hitos: la construcción de las primeras ciudades, el establecimiento de las primeras naciones, la creación del gobierno mundial y el nacimiento de la colectividad.

Acontecidos algunos siglos de aquel primer milenio, se acordó efectuar cambios genéticos en los seres humanos, al principio de mínimo impacto; seguidamente se decidió que todos los niños se producirían en granjas de cultivo y se educarían en granjas de crecimiento.

Era el preludio para más cambios genéticos, aunque no se indicaba su alcance. Seguramente la introducción de la clorofila en la piel destacaba entre ellos.

Para aquel entonces la edad promedio de los individuos superaba ya los ciento treinta años y una de las motivaciones para el cambio genético realizado, casi forzado por un planeta superpoblado, fue el control absoluto de la población. El nacimiento de nuevos bebés sería planeado por la colectividad sobre la base de estadísticas de vida, las cuales eran ajustadas constantemente. Al inicio se programó y se produjo una importante disminución de la población, hasta alcanzar lo que se consideró como niveles óptimos.

Mas, tan drásticos cambios en la civilización, como siempre, no fueron aceptados por toda la humanidad. Según algunos historiadores, *La Escisión*, como se le llamó formalmente al turbulento evento, se había producido como consecuencia del cambio más dramático y fundamental que había conocido la raza humana. Ocurrido hacia mediados del primer milenio, posteriormente al mismo la gran mayoría de los habitantes que permanecieron en la Tierra estaban a favor de extremar la colectividad.

Quienes no aceptaban la colectividad como forma de vida emigraron, en su mayoría, hacia los planetas y satélites del sistema solar. Eso evitó una guerra con el potencial de acabar con todo lo conocido. Una guerra que estaría basada en *bombas negras*, un término para describir terribles artefactos que generaban, al detonar, el equivalente a un pequeño hoyo negro en el espacio-tiempo. Todo lo que estaba en un radio de aproximadamente mil kilómetros simplemente desaparecía. Lo más delicado era que estas bombas sólo habían sido probadas en el espacio, con asteroides lo suficientemente pequeños como para ser destruidos completamente. Los hoyos negros así creados resultaban inestables y efímeros.

Aquellos artefactos de un cuento de horror habían sido concebidos desde hacía mucho tiempo como respuesta a los asteroides que deambulaban por el sistema solar y que de cuando en cuando amenazaban a la Tierra, así como a las bases y ciudades establecidas fuera de ella. Mas, como siempre, tales inventos invariablemente llegaban a las manos de los militares.

Lo peor es que los científicos habían predicho que una bomba negra detonada cerca de una gran masa, como la de un planeta, podría generar una reacción en cadena que produciría un gran agujero negro, con toda la masa del planeta concentrada en un diminuto volumen y con el potencial de desequilibrar la estructura del sistema solar, poniendo en peligro la existencia no sólo del planeta, sino del hábitat tradicional y potencial del ser humano.

Un escalofrío surcó su cuerpo. ¿Hasta dónde había llegado el hombre? ¿Hasta dónde llegaría? Empezaba a comprender que había información sensitiva, la cual no se podía dejar en todas las manos. ¿Sería que rápidamente estaba empezando a ser absorbido por el Gran Consejo de Ancianos? Temía ser como quienes, al llegar a cierta edad o al pertenecer a ciertos círculos, comenzaban a ver las cosas desde un punto de vista radicalmente diferente a cuando estaban fuera de ellos.

No quería ese destino, pero la información a la cual estaba teniendo acceso le estaba amenazando los cimientos del edificio que con esmero y dedicación había construido en su interior a través de los años. Sin embargo, ahora no se iba a amedrentar; decidió continuar revisando la información de los albores de la colectividad.

Los hechos a los que se enfrentaba le estaban dando una nueva e impresionante dimensión de las cosas. Temió nuevamente por su edificio interno, pero continuó.

No existieron otros baches importantes en la nueva y reluciente avenida transitada por los hombres, hasta un siglo después. Entonces, ocurrió…

Se empezó a notar una tendencia alarmante, denominada finalmente por los psicosociólogos de la época el *síndrome de ansiedad de aniquilamiento*. Un término para describir la resultante de un cúmulo de problemas psicológicos compartidos por los nuevos miembros de una sociedad supuestamente perfecta.

Transcurrieron casi tres siglos desde *la escisión* antes de que los habitantes de los planetas y satélites restablecieran una relación normal con los habitantes de la Tierra, con la colectividad. Luego de esa normalización de relaciones y del consecuente intercambio de información, por el simple efecto de vasos comunicantes poco a poco se fueron absorbiendo los diferentes grupos humanos hasta que la colectividad se propagó hasta el último rincón del Sistema Solar.

Delis conocía algunos de estos temas como resultado de sus investigaciones clandestinas, aunque no con el detalle que ahora le estaba permitido. A pesar de las limitaciones, estaba fascinado en su nuevo mundo de hadas, aunque terminara enfrentando demonios.

Lo que no le permitía a Delis saborear sus nuevas habilidades era que si bien la información obtenida era importante y rozaba la prehistoria, realmente se trataba de una recolección de hechos muy generales, desde unos tres siglos antes del establecimiento de la colectividad hasta el fin de la crisis del primer milenio. Formalmente hablando, prácticamente estaba auscultando la historia. Sólo incluía tres siglos de prehistoria y tratados muy superficialmente.

Tenía que haber más, pero ¿dónde? … ¿Dónde?

CAPÍTULO VIII

La isla de Frisco no era muy extensa; sin embargo, era lo suficientemente grande e interesante para que albergara a un número importante de habitantes, amantes de un contacto más cercano con la naturaleza. La isla estaba cerca de tierra firme, mas se requería un viaje en aeromóvil para llegar a los centros habitados al otro lado de la bahía. Se le llamaba *bahía* al estrecho de agua entre la isla y la costa, seguramente como una reminiscencia del pasado; ese pasado al cual el grupo de estudios de la prehistoria quería desesperadamente penetrar.

La parte más alta al norte de la Isla alcanzaba unos doscientos metros de altura sobre el nivel del mar. Hacia el sur, era más bien de baja elevación y larga hacia el sudeste.

Uno de los aspectos más apreciados por los orgullosos habitantes del área era la vegetación esmeralda y el agradable clima templado durante todo el año, despojado de condiciones meteorológicas extremas. Las ciudades propiamente dichas en el continente estaban cubiertas por domos de energía, los cuales las mantenían en un clima primaveral perenne. Éste, sin embargo, no era el caso de la isla de Frisco. Quienes allí habitaban lo hacían buscando casualmente a la naturaleza; alguien había dicho alguna vez que buscaban *lo primitivo*.

Las construcciones eran todas de color blanco, edificadas de un material compuesto que al tacto parecía entre plástico y vidrio, ambos en desuso; sin embargo, era un material muy fuerte, muy fácil de reparar y resistía al fuego sin afectarse. Considerando que todas las viviendas eran *inteligentes*, incorporando una multiplicidad de sensores y de computadoras conectadas a Cunctus para controlar todos los aspectos imaginables, los incendios eran completamente desconocidos. Las casas estaban en su gran mayoría medio incrustadas en el terreno, por lo cual el contraste de colores era verdaderamente hermoso en un ambiente de coexistencia con el mundo natural. Casi no existían edificios públicos, excepto aquellos que albergaban los nodos de comunicación e inteligencia distribuida de la colectividad.

Donis aspiraba el aire fresco proveniente del mar, en los pocos momentos que robaba diariamente a su faena para disfrutar de la espléndida vista y los exuberantes alrededores. A lo lejos, alcanzaba a ver algunos aeromóviles, casi imperceptibles, moviéndose siempre dentro de sus corredores virtuales, también provistos por la tecnología del séptimo milenio, bajo la supervisión omnisciente de Cunctus.

Cuando alguien requería movilizarse en alguna ruta particular, en la mayoría de los casos se solicitaba, a través de Cunctus, el acceso a un transporte individual el cual era enviado al lugar y a la hora solicitada. Se trataba de vehículos autocontrolados con capacidad de navegación aérea o de superficie, los cuales consecuentemente no requerían un conductor humano. Sin embargo, por no ser común la necesidad de transporte físico, a veces no había disponibilidad dado el limitado número de vehículos en existencia. Entonces había que recurrir al sistema colectivo, análogo a una mezcla de lo que en otros tiempos fue el tren y el metro, el cual ahora viajaba suspendido en un campo electrogravítico. Llamado simplemente *transporte colectivo*, tenía conexión vía túneles bajo la bahía con los centros habitados de la costa, donde existían idénticos sistemas de transporte. En tierra firme, sin embargo, para comunicarse con las ciudades lejanas se contaba con transportes colectivos, adecuados para viajes largos, llamados escuetamente *transportes de alta velocidad.*

La existencia de Cunctus hacía casi innecesarios los viajes, excepto para los miembros del grupo de estudios de la prehistoria quienes habían llegado a la vivienda de Martis tal como lo habían planeado casi un mes atrás. En la medida de lo posible habían utilizado rutas y medios diferentes con el objetivo de no dejar rastro de dicha reunión y eludir la siempre atenta mirada de la colectividad.

Martis los recibió uno a uno y los once integrantes del clandestino grupo iniciaron la reunión en la habitación preparada por Martis, en la cual había desactivado todos los sensores; el mayor reto fue acomodar el área, incluso improvisando, para más personas de las que jamás se habían reunido en su vivienda.

A pesar del liderazgo natural de Donis, el grupo eligió como líder de la reunión a Claris, entre otras cosas porque sería la primera reunión en la cual participaría Martis, invitado según propuesta precisamente del primero.

Los ligeramente diferentes tonos de piel verde claro revelaban la unicidad de la raza humana, forzosamente convertida en tal a través de cambios genéticos provocados hacía milenios. La colectividad había llegado a esos extremos y ya casi nadie recordaba que otrora existieron diferentes razas y rasgos peculiares, individuales y de grupo.

Claris abrió la sesión:

—Hoy tenemos el agrado de dar formal admisión a Martis como nuevo miembro del grupo de estudios de la prehistoria. Somos nuevamente once miembros y hoy nos reunimos, fuera de nuestros lugares usuales, para dar testimonio a Martis de nuestro interés por sus futuros aportes y para evitar su movilización frecuente durante el proceso guía del cual ha sido confiado. Ya le tocará transportarse, pero la idea es que lo haga en un mínimo de ocasiones. ¡Démosle la bienvenida!

Todos aplaudieron en un ritual milenario. Era un gesto conocido por todos, si bien casi en desuso pues eran muy pocas las reuniones realizadas con la presencia física de sus participantes. A través de Cunctus las muestras de aprobación se emitían y se sentían directamente en la mente de los involucrados.

La otra causa para la escogencia del sitio de reunión, y que nadie mencionó por supuesto, era que no se quería que Martis conociera demasiado pronto los lugares usuales de reunión del grupo. Esto no era tan efectivo en la era de la colectividad, de la cual era muy difícil esconder información y menos los lugares de residencia de los individuos, pero, en fin, era mejor no revelar todo de una sola vez.

—Donis, ¿has puesto a Martis al día en cuanto al tema que está en discusión? —preguntó Claris.

Donis asintió, y Claris refirió los hallazgos de Patris y los acuerdos del grupo en perseverar en esta pista que, aunque traída por los cabellos según algunos, era lo único que les alumbraba el camino.

—Sería un error ignorar las sugerencias de Patris —se adelantó a decir Martis.

Claris miró hacia arriba y luego, haciendo gala de paciencia hacia los jóvenes, continuó:

—Bien, la idea es discutir hoy los hallazgos.

Como quiera que esta reunión no se llevaba a cabo a través de Cunctus, los procedimientos para asignar el orden de intervención requerían un acomodo. Se acordó, al estar sentados en sillas formando un círculo, que las intervenciones se harían a partir del miembro sentado a la derecha del líder de la sesión, sucesivamente en dirección de la rotación terrestre vista desde el polo norte. En otros tiempos se hubiera dicho *en forma contraria a las manecillas del reloj*, pero esto no tendría sentido en el séptimo milenio EC.

—He encontrado referencias —dijo Moris, el orador de turno—, que fortalecen la hipótesis de Patris, aunque siguen siendo muy vagas. No he podido seguirles la pista. En la historia de la biología animal se hacen comentarios sobre costumbres e instintos animales que fueron eliminados de los humanos; la crianza de los bebés, *entre otras*, cuando ésta se empezó a efectuar en granjas colectivas de crecimiento. Es claro para mí que el término *entre otras* se refiere a costumbres e instintos que fueron eliminados de los humanos mediante cambios genéticos y culturales, pero me ha sido imposible descubrir señales claras sobre cuáles fueron. No he encontrado, sin embargo, alusión directa a que esto pudiera ser, también, causa del síndrome, excepto las referencias que aportó Patris y que dieron inicio a esta pesquisa.

Prácticamente todos los miembros del grupo de estudios de la prehistoria, incluyendo al propio Rulis quien probablemente era el más escéptico, hicieron su aporte llegando a la conclusión que, si bien no se tenían aún pistas suficientes, era evidente que existían muchos cambios genéticos y culturales que se mencionaban en una forma vaga, lo cual hacía patente el interés por mantenerlos ocultos dentro de una nube de palabras.

La pregunta era: ¿y ahora qué?

La reunión continuó sin mayor trascendencia. Habían omitido cualquier referencia a Delis y a su actual posición en el consejo. Donis rogó que nadie cometiera una infidencia. Nadie lo hizo; tampoco hicieron referencia alguna al Gran Consejo de Ancianos, al que aquel modesto grupo había encontrado forma de incidir.

La reunión finalizó en los términos propuestos por Donis. Seguirían investigando referencias, pero especialmente procurarían ideas de cómo lograr acceso a información más allá de la disponible en Cunctus.

A pesar que Donis confiaba en Martis, percibía que aún había miembros del grupo que temían haber metido al tiburón, o a su secuaz, en una pecera repleta de confiada comida.

CAPÍTULO IX

En un edificio pequeño y sin pretensión alguna, en la ciudad de Berlina, situada en el centro de Europa, se reunían frente a frente y alrededor de una mesa redonda los pocos miembros que conformaban el Consejo Supremo del Gran Consejo de Ancianos.

Abrió la sesión Plinis, el conductor de la reunión:

—Se acerca *La Conjunción* —aseveró, con parsimonia.

Todos sabían de la predicción. Un silencio grave envolvió la reunión, como grandes nubarrones negros presagiando una terrible tormenta.

El Consejo Supremo no tenía un líder permanente. Cada reunión era dirigida por un miembro diferente, determinado por un orden preestablecido. Era un grupo democrático entre sí, pero autocrático para con el resto de la colectividad. Consideraban a la sociedad del séptimo milenio EC poseedora de los medios para ir renovándose, así como de los mecanismos necesarios para ir forjándose su propio destino, incluyendo la colectividad misma, el Gran Consejo de Ancianos y los grupos de estudio que lo componían. Sin embargo, para cuidar a la sociedad de sus propios errores, los cuales en otros tiempos casi la destruyen, estaba el Consejo Supremo. Y dicho consejo estaba decidido a tomar las decisiones que considerara necesarias para salvaguardar el bienestar común, dando muy poca importancia al destino de los individuos. En el pasado, como todos sabían demasiado bien, *La Escisión* casi destruyó el orden establecido. Por ello se había echado marcha atrás en la colectivización extrema, lográndose un equilibrio que había mantenido a la sociedad en balance por seis milenios.

Más de sesenta siglos de paz desde aquella terrible crisis.

—¿Por qué consideras que es inminente? —inquirió Yaris— ¿Qué indicios tienes?

—He utilizado los mecanismos de pronóstico de Cunctus, mediante los algoritmos de simulación que han predicho muchos otros eventos con gran exactitud, para analizar el balance de la sociedad. Cunctus no ha podido prever una nueva crisis, pues de mantenerse la situación actual la misma no ocurriría. Sin embargo, aunque sin inestabilidad alguna, el resultado sería un estancamiento total. Por otro lado, Cunctus ha indicado que podrían sobrevenir cambios caóticos si una serie de factores ocurre simultáneamente. Como todos ustedes saben, a esa posibilidad le hemos llamado *La Conjunción*.

»A mi juicio, estamos próximos a una gran crisis que debemos tratar de prevenir. Pero, así mismo, debemos proveer los mecanismos para lograr no solamente una postergación de la misma durante poco tiempo, sino alcanzar un punto de inflexión que nos lleve a un nuevo período de estabilidad y prosperidad, aunque sea diferente al actual.

»Si bien las predicciones no son exactas —continuó—, debemos estar atentos a actitudes y acciones que apunten en dirección a cambios sobre las estructuras que forman la base de la sociedad.

Puso como ejemplo el aumento excesivo de la longevidad, lo cual implicaría estancamiento si se lograse, pero muy probablemente provocaría una reacción negativa y contraria, por parte de la humanidad, si una vez planteado el tema se decidía no extender la vida. En resumen, una vez hecho el planteamiento a la colectividad, si sucedía era malo y si no sucedía también. Por lo tanto, su aparición sería un mal augurio. El reporte de Arcturis, sobre el grupo de estudios genéticos, corroboraba específicamente la existencia de esa condición.

Por otra parte, varios grupos dentro del Gran Consejo de Ancianos intentaban estudiar la prehistoria, con el nivel de detalle que los llevaría a descubrir los importantes cambios genéticos efectuados luego del establecimiento de la colectividad. Estas modificaciones, como sólo ellos sabían, fueron radicales y lo que probablemente surgiría es lo predicho por Cunctus: un grupo de la población querría retrotraer las alteraciones genéticas en las próximas generaciones y otra parte abogaría por seguir profundizando las mismas, las cuales los habían llevado a lo que eran como raza.

Plinis continuó su larga ponencia explicando que existía otra consecuencia de aquel estudio de la prehistoria. Descubrirían que entonces se logró comunicación con seres inteligentes de otro sistema solar. Por la imposibilidad de realizar los viajes a mayor velocidad que la luz y coincidiendo con la gran crisis del primer milenio, aquellas comunicaciones se abandonaron y la información recolectada estaba inaccesible. Al conocerse ese hecho, habría quienes desearían nuevamente retomar ese camino y quienes insistirían en mantener el aislamiento actual. Eso traería otra división importante. Además, era concebible especular que si se establecía nuevamente aquella comunicación, se podrían recibir opiniones sobre las decisiones que, como humanidad, habían tomado, especialmente los cambios genéticos;

eso podría contribuir a polarizar la opinión de la sociedad actual sobre dichos cambios, profundizando las divisiones.

—Como ven —concluyó—, estamos ante la posibilidad de una coincidencia de eventos importantes con la potencialidad de producir divisiones de similar envergadura a las que, en su día, nos llevaron a La Escisión. Tal vez podríamos manejar una de estas situaciones a la vez, pero todo indica que coincidirán en el tiempo. En otras palabras... La Conjunción.

Plinis hizo un silencio invitando a la intervención. Sin embargo, nadie parecía dispuesto a lanzarse al ruedo. Finalmente el miembro más reciente del Consejo Supremo pidió la palabra. Se podría haber dicho también que era el más joven; sin embargo, eso hubiera ignorado el hecho de que todos los miembros del Gran Consejo de Ancianos, y especialmente los del Consejo Supremo, eran viejos. Aramis intervino:

—Los planteamientos de Plinis son alarmantes, aunque realistas. Sin embargo, considero que no necesariamente representan una realidad absoluta y menos aún ineludible. Debemos estar atentos, pero se trata de situaciones que podríamos ir sorteando según fueran apareciendo. Tal vez estemos interpretando mal las predicciones logradas a través de Cunctus. En resumen, propongo que estemos atentos y redoblemos la seguridad, pero por otra parte no consideremos como irremediable el desencadenamiento de una serie de hechos los cuales al final no podremos controlar y que necesariamente darían al traste con nuestra civilización.

Todos sabían que si estudiaban la prehistoria —utilizando los privilegios que negaban a los ciudadanos comunes, debían admitir— encontrarían múltiples ocurrencias de este fenómeno, con el nombre de *profecías*. En sonados casos las masas se convencieron que ciertos hechos ocurrirían necesariamente y en muchas ocasiones fue suficiente para que así fuera. La relación causa-efecto a veces se tornaba confusa.

Siguieron muestras de aprobación en la mesa. Plinis se limitó a mirar al resto de los miembros del Consejo Supremo con el mensaje subliminal de *"se los advertí"*. Nadie quería escuchar, pensó. Nadie quería escuchar las malas noticias.

—Veo que todos aprueban los planteamientos de Aramis —retomó la palabra finalmente Plinis—. Como parte de sus planteamientos implican un redoble de la seguridad, tengo varias propuestas para fortalecer la misma…

Plinis sugirió asignar responsabilidades adicionales, en parejas, para prevenir que los eventos por avecinarse de alguna manera fueran ignorados y los encontraran desprevenidos. Si no sucedía nada de lo planteado, aún mejor. Pero de lo contrario, entonces se requeriría del consenso de al menos dos miembros para ignorar las señales de peligro.

El silencio de la mesa fue suficiente para que Plinis diera rápidamente por aprobada su moción.

Continuó sus sugerencias proponiendo designar a una pareja la responsabilidad de la seguridad en cuanto al estudio de la prehistoria. Solicitó que Alesis le acompañara en esa tarea. Exhortó a formar otra pareja, compuesta por Arcturis y Yaris, encargada de velar por la propuesta de la nueva conexión con Cunctus y su posible utilización para extender la vida.

El silencio fue un nuevo voto de confianza.

—Yo deseo agregar algo —expuso Alesis—. Casi nadie conoce la existencia del Consejo Supremo, por tanto los individuos no son conscientes que muchas de las decisiones que presumen tomadas por el Gran Consejo de Ancianos o por la colectividad, en realidad son tomadas por nosotros, motivados, por supuesto, por el bienestar de la sociedad. Sin embargo, yo veo aquí la posibilidad que, de conocerse, esto cree condiciones para una división. Habrá quienes no consideren aceptable ser regidos por un grupo pequeño en contraposición a la democracia que provee la colectividad para la mayoría de las decisiones.

Alesis propuso establecer otra pareja responsable de cuidar esa arista, en los aspectos relevantes para asegurar el anonimato del Consejo Supremo o bien, en caso que se descubriese su existencia, para dar las explicaciones necesarias y evitar que este hecho se pudiese convertir en motivo adicional de discordia y desintegración social.

—Tienes razón; aunque estemos colmados de buenas intenciones, muchos individuos podrían considerar que no es motivo suficiente para dejar de tomar en consideración los deseos de los ciudadanos y forzarlos a transitar por un camino que escogieron unos pocos, sin el consenso de la mayoría. Aunque este mecanismo siempre haya marchado bien, no hay ninguna garantía que el mismo continuará funcionando satisfactoriamente en el futuro, pues dependerá de la voluntad y capacidad de los pocos miembros del Consejo Supremo. Coincido entonces en la necesidad de asignar una pareja exclusivamente dedicada a esos menesteres. Propongo que seas tú, quien sugeriste el tema, acompañado por Simanis.

—Yo estaré trabajando contigo en la seguridad sobre el estudio de la prehistoria —dijo Alesis—. Sugiero que sean Aramis y Simanis quienes protejan esta vertiente.

Hubo un susurro de aprobación. Si los miembros propuestos no se oponían, no había más nada que discutir.

Después de tratar otros temas triviales a la luz de los anteriores, la reunión se clausuró. Todos los miembros del Consejo Supremo vivían, para facilitar las cosas, en la misma ciudad y, más aún, cerca del edificio que albergaba el salón de reuniones; procedían de los líderes de los grupos del Gran Consejo de Ancianos quienes, al reportar directamente a algún miembro del Consejo Supremo, se iban ganando su confianza e iban haciendo patente su inteligencia y buen juicio. El reemplazo se daba solamente ante la muerte o inhabilitación física o mental de alguno de sus miembros. En cuanto un nuevo miembro era admitido al Consejo Supremo, uno de sus primeros actos era mudarse a una vivienda cercana al grupo. Las reuniones se celebraban invariablemente cara a cara. Los temas que se trataban de ninguna manera debían dilucidarse a través de Cunctus, aunque se utilizara la máxima seguridad.

Desde siempre se había considerado de extrema importancia mantener al Consejo Supremo en el mayor secreto.

Y ahora lo sería aún más.

CAPÍTULO X

La mañana siguiente, en la bella isla de Frisco Donis seguía considerando los eventos de la primera reunión realizada en la vivienda de Martis; seguía preocupado por la seguridad. Como quiera que su grupo era clandestino, un cierto nivel de paranoia era más que necesario… era imprescindible para la supervivencia. ¿Podría Martis haber sido infiltrado? ¿Por quién? Después de meditar un poco llegó a la decisión de continuar ocultando a Martis la incorporación de Delis al Gran Consejo de Ancianos. El resto de las cosas seguirían su desenvolvimiento normal. Si Martis fuera un espía, ya sabía lo suficiente como para iniciar un proceso contra ellos. Sería difícil empeorar la situación, pero Delis debía ser protegido a toda costa.

La ilación de sus pensamientos fue interrumpida por una llamada. No estaba conectado en ese momento, pero Cunctus podía avisar a través de la inteligencia de la vivienda sobre la solicitud de cualquiera que urgiera iniciar una conversación. Esto podía ocurrir, por supuesto, siempre y cuando estuviera permitido por la persona que recibía la llamada.

Era Patris. Una vez en modalidad de conversación privada, Donis pensó inmediatamente que si algún comité del todopoderoso consejo había obtenido permiso legal para escuchar sus conversaciones seguramente sabrían ya, o muy pronto, todo lo que necesitaban saber, incluso de la existencia de Delis y su nueva posición en dicho consejo. La verdad es que esta era una buena razón para concluir que sus temores eran infundados. Si eso se supiera, alguna acción habrían tomado y no sería tan benigna como infiltrar a Martis. De cualquier manera, mantendría algún nivel de paranoia; podría ser la diferencia entre la libertad de pensamiento y una sonda cerebral.

No pudo evitar un ligero estremecimiento.

—A ver, cuéntame… —instó finalmente, después de una pausa que intrigó al joven Patris.

—Acudí al museo histórico de la ciudad. Da lástima, pues la mayoría de las personas consideran inútil visitarlo dada la cantidad de información escrita, visual, auditiva y hasta de simulación olfatoria que se puede encontrar en Cunctus, especialmente si consideras los mecanismos de búsqueda disponibles. No sé si es por nuestra tendencia a valorar las cosas antiguas, pero lo encontré fascinante. Allí descubrí referencias a la forma en que se almacenaba y distribuía información antes de Cunctus. Por supuesto que no encontré la información misma, pero pude averiguar sobre la supuesta existencia de almacenes donde aparentemente se encuentran toda clase de artefactos antiguos; me pregunto si allí no habrá forma de ubicar y obtener esos dispositivos y de alguna forma extraer esa información.

—No sabemos si esos almacenes realmente existen o si se trata solamente de depósitos que una vez existieron. Además, si prevalecieran en la actualidad, ¿cómo podríamos acceder a ellos?

—Tendríamos además que saber exactamente qué estamos buscando.

—Cierto, Patris. Sin embargo, debemos pensar muy bien cómo proseguir por este sendero. Tiene mucho potencial. Nuestra próxima reunión es la otra semana. Creo que es algo que debemos tratar allí.

—Lo pensé, pero me preocupó abrir esta nueva veta frente a Martis. Todavía no estamos seguros de su lealtad. No sé si es demasiado pronto.

—Yo he estado pensando que si saben tanto de nosotros como para plantarlo en el grupo, entonces tendrían que saber forzosamente acerca de Delis. Al tomar la decisión de invitarle, él todavía formaba parte del grupo y no se había marchado aún al Gran Consejo de Ancianos. No hay cabida para la secuencia de eventos que hubiera sido necesaria para plantar a Martis. Me parece imposible. Mantengamos los sentidos alerta, pero no creo que debemos inmovilizarnos por esto.

Donis, nuevamente en su papel inconsciente de líder natural del grupo, había hecho valer su posición. Sin embargo, le preocupaba que las cosas no fuesen como él pensaba. Un error de juicio en ese tema, en ese momento, sería catastrófico para todos. En alguna parte había encontrado quien afirmaba que la posición del líder es de soledad y sus decisiones serían aplaudidas en forma entusiasta si eran exitosas o juzgadas con severidad si fracasaba. Él aún no era el líder formal, como lo había sido Delis, pero era evidente que se había convertido en el líder natural, por lo cual su reconocimiento como tal sería cuestión de tiempo. No obstante, si estaba equivocado en el juicio sobre Martis, pensó, aquello no sucedería nunca; sería entonces el responsable de la destrucción del grupo de estudios de la prehistoria y del trabajo y los sueños de tantos años. Por otra parte, siguió considerando, todo aquel esfuerzo no había rendido aún frutos trascendentales. Sentía que se estaban acercando a algo importante y que si no tomaban los riesgos necesarios en cualquier empresa de esta envergadura no irían a ninguna parte. Los líderes estaban para eso, para guiar, y en esa actividad tenían que tomar riesgos. Si no estaban dispuestos a ello, mejor sería que declinaran o cedieran el puesto. Entonces le vino a la mente que quizá era exactamente lo que había hecho Delis.

Tal vez nunca lo sabría.

La semana siguiente, en una habitación de la vivienda de Patris frente a las playas del Gran Océano, se reunía el grupo de estudios de la prehistoria. Patris contaba con una vivienda promedio… todo era promedio en la era de la colectividad; sin embargo, estaba ubicada en un sitio privilegiado. Al noroeste de la isla de Frisco, muy cerca de la costa norte, había una colina; llena de vegetación y cerca de un parque público reservado para los pocos miembros de la colectividad que mantenían la arcaica costumbre de los paseos vespertinos, presentaba una vista majestuosa hacia el mar. En la vertiente oeste había varias viviendas. Éstas se habían construido incrustadas en la ladera y era poco lo que desde fuera se apreciaba de ellas. El objetivo era el de convivir con la naturaleza, confundirse con ella. Sin embargo, había un ventanal que permitía al ocupante apreciar la vista hacia el océano sin tener que salir al exterior. Patris casi siempre tenía el ventanal en la modalidad opaca, pues valoraba salir y apreciar la vista en verdadera comunión con los elementos, oler las flores y ver juguetear las mariposas. Cuando una persona de esa época hablaba de *la naturaleza*, se refería más que todo al reino vegetal y a los animales inferiores. La mayoría de los animales superiores habitaba exclusivamente en áreas especialmente designadas para ello, donde se había intentado recrear su hábitat original. El origen de esta costumbre databa de la época prehistórica y en la era de la colectividad prácticamente nadie se cuestionaba que así habían sido siempre las cosas.

La vida en el mar, sin embargo, era un asunto diferente. Allí abundaba la vida animal. Nadie pescaba en aquella época; de hecho, el hombre era absolutamente vegetariano. Así las cosas, los animales del mar crecían y se multiplicaban libremente, limitados solamente por las leyes del balance natural, como había sido por millones de años. La breve historia del hombre tecnológico, a pesar de que logró acabar con algunas especies, más por ignorancia y descuido que por decisión, sólo representó una pequeña discontinuidad en la larga historia de la evolución.

Las aguas cerca de la costa de la isla de Frisco eran relativamente frías; desde la vivienda de Patris se podía apreciar con frecuencia a los grandes mamíferos del mar, y las playas cercanas se llenaban de focas y leones marinos en ciertas épocas del año.

Patris, a quien se le concedía el derecho de liderar el encuentro por llevarse éste a cabo en su vivienda, llamó al orden…

Inició la reunión informando de un hallazgo personal, el cual sometía al grupo para decidir entre todos cómo darle continuidad y así obtener los resultados potenciales que avizoraba. El grupo mostró su expectación.

Relató su visita al museo histórico local. Sugirió que todos fueran por separado para luego comparar notas. Reveló la supuesta existencia de grandes almacenes con objetos históricos y prehistóricos que se encontraban dentro de las montañas Rocosas, en enormes cavernas construidas originalmente quién sabe con qué fin. ¡Ojalá que guardaran suficientes objetos e información sobre la prehistoria! Su localización exacta no se conocía, pero eso no parecía ser un secreto, sólo que nadie se preocupaba por buscarlos. Sin embargo, todos sabían que sería más difícil de lo que inicialmente podría parecer. No era fácil encontrar un transporte para esos lugares y menos pretender entrar sin ningún tipo de permiso especial o autoridad que no tenían. Había muchas barreras por cruzar, y sería indudablemente difícil hacerlo sin cometer una grave trasgresión.

En la mesa hubo un gran alboroto, obviamente de aprobación y de impaciencia por poner las manos encima de semejante hallazgo, suponiendo que aún existiese. Eso no podían saberlo a ciencia cierta. Con todos los cambios climáticos y tectónicos, ¿no habrían quedado aquellos almacenes en la mitad de algún lago, en una isla inaccesible o sumergidos tal vez? ¿O acaso habrían colapsado en alguno de los grandes movimientos telúricos ocurridos durante los últimos milenios?

Todos los presentes, incluyendo a Martis quien no había intervenido casi esta vez, acordaron hacer las visitas al museo y tratar de obtener toda la información posible sobre la localización de tales *almacenes de historia*. Para evitar despertar sospechas a los encargados de velar por el museo histórico, decidieron discutir opciones.

Moris planteó que súbitamente no podían aparecer varias personas pretendiendo no conocerse y averiguando por el mismo tema específico, pues resultaría indudable que estaban en comunicación, evidenciando algún fin oculto. Al no conocer el propósito, vendrían las suposiciones y probablemente la temida denuncia.

—Creo —dijo— que debemos inventar una historia convincente y no ir todos. Hacer lo que se ha planteado aquí, en la forma como se ha propuesto, sería un suicidio. ¡Ya casi siento la sonda…!

—Tienes razón —consintió Donis—, debemos reconformar nuestro plan.

Según había explicado Patris, los encargados del museo se consideraban abandonados, no sólo desde el punto de vista de la poca o nula atención del consejo, sino de los mismos individuos a los cuales estaban supuestos a servir; ellos seguramente se sentirían motivados por la iniciativa y el interés, pues casi nadie los visitaba y, de continuar así las cosas, seguramente terminarían por cerrar el museo, como tantos otros, convirtiéndolo en un museo virtual...

—¡Vamos a quedar pronto reducidos a un mundo virtual! —protestó Claris.

—Sólo si no hacemos nada —dijo Donis, con una firmeza que acaparó la atención por algunos instantes donde se cruzaron miradas.

Continuaron elaborando la idea; el objetivo era encontrar la forma de plantear, a través del museo, la solicitud de entrar a dichos almacenes a investigar, pero con la participación de algunos miembros del grupo.

Claris pidió la palabra. Todos pensaron que trataría de proponerse como líder de la visita al museo. Y así lo haría, pero por una razón muy diferente a la sospechada.

—Yo soy el mayor —dijo—; además, aunque me falta poco para alcanzar la edad en que podría aspirar a ser parte del Gran Consejo de Ancianos, lo que estamos tratando de lograr con el museo es un ejemplo de lo que verdaderamente me apasiona. Por lo tanto, participar en el consejo, al menos en los términos que eso parece hoy significar, no me interesa. Como tal, me siento ya casi inservible acá y sin interés en el futuro de mi vida… Es más, he estado considerando terminar con ella.

Hubo un silencio escandaloso. Nadie se esperaba tal declaración. No en aquel momento. Aunque era una práctica aceptada en la sociedad, la misma no era muy común. El Gran Consejo de Ancianos representaba un aliciente suficientemente importante para que las personas quisieran llegar a formar parte de él. Algunos incluso pensaban que dicho consejo se pretendía enigmático a propósito, para que todos desearan llegar a esa edad e ingresar a descubrir sus misterios. Si había muchas terminaciones voluntarias de la vida dentro del Gran Consejo de Ancianos, eso ya no lo sabrían las personas comunes. Parecía un truco interesante. ¿Lo sería?

—Como tal —continuó— y considerando que existe cierto peligro en esta misión, pues pese a estimar que nuestra gestión será bienvenida no sabemos cuál será la reacción de los administradores del museo, yo me propongo como líder de la misma.

—Pero los participantes también correrían riesgos —intervino Rulis.

—Siempre podrían decir que yo los confundí, que no conocían mis propósitos y confiaron en mi experiencia. Seguramente saldrían ilesos. Sería a mí a quien someterían a la sonda cerebral. Es lo más probable; no es tampoco tan fácil que decidan, a la ligera, someter a alguien a la sonda cerebral. Consideren eso.

Siguió un silencio triste. Ya el grupo había perdido a su fundador, aunque aún no se decidían a discutirlo ante Martis; ahora enfrentaban una situación similar. Era un tema difícil. Aunque en esa época no existía la familia como se conoció en otros tiempos, los grupos de estudio eran lo más cercano a lo que una vez fue la familia extendida. Las pérdidas definitivas eran de alguna manera sentidas en forma semejante.

—Propongo que a la visita inicial al museo vayamos Patris, quien hizo el primer acercamiento, y yo, como representantes de un grupo en formación. Diremos lo acordado; si la reacción fuera negativa no tendrían forma de probar la participación del resto. Aunque Patris correría un riesgo, lo cual ya es tarde para considerar, sería un riesgo menor, como ya he dicho, y ustedes estarían probablemente a salvo. ¿Qué opinan?

Ante el silencio del grupo, Donis volvió a tomar la palabra:

—Bien, creo que tenemos un acuerdo.

Tratarían, como precaución, de minimizar los contactos hasta que volvieran a reunirse el mes próximo.

El único que pidió la palabra antes de que todos se retiraran fue Martis, quien solicitó que la próxima reunión se volviera a efectuar en su vivienda, ya que el cuidado de Unis le había complicado bastante su asistencia a la reunión.

No hubo objeciones, aunque sí temores subyacentes.

¿Podrían estar seguros que todos los sensores estarían desconectados?

Grupo de estudios de la prehistoria (clandestino)
Delis
Claris
Donis
Martis
Moris
Patris
Rulis

Grupo de estudios genéticos
Ramis
Emelis
Aurelis
Eolis
Gloris

Consejo Supremo
Plinis
Arcturis
Alesis
Aramis
Simanis
Yaris

Museo de Historia (Frisco)
Gabilis
Yolis

Grupo de estudios históricos
Franis

CAPÍTULO XI

El Museo de Historia de la Isla de Frisco, nombre oficial del último remanente de tales organizaciones en la región y por lo tanto de cierta importancia, estaba a cargo de sólo dos individuos: Gabilis, el director, y Yolis, su asistente. Yolis había sido formado por Gabilis y en consecuencia había una relación alumno-maestro, además del vínculo formal de trabajo. No eran parte de ningún grupo de estudio, ni formal ni clandestino, aunque se podría decir que ellos dos formaban un grupo cuyo objetivo principal era el museo. Lamentaban profundamente la pérdida de interés del público. A juicio de Gabilis, los individuos se limitaban a preguntar a Cunctus aquellas cosas que deseaban saber sin percatarse de cuánto dejaban de aprender al no hacer las investigaciones por su propia cuenta.

Fueron terreno abonado al recibir la visita de Claris y Patris, aunque inicialmente rechazaron la idea como algo más allá de las fronteras autorizadas. Después de hacer todas las investigaciones que podían hacer sobre los visitantes sin despertar sospechas, tendrían que considerar si valía la pena el riesgo y tomar una decisión final.

—Yolis, ya no eres el asistente joven que sigue mis consejos sin cuestionárselos mucho. Y aunque así fuera, éste es un tema que nos podría acarrear problemas y no puedo tomar esta decisión por ti.

»Aprovechemos esta nueva situación —insistió Gabilis— para que me llames por mi nombre y no por mi título. Ya estaba pensando en ello y, aunque yo sea el mayor y el guía original, considero que has alcanzado la madurez necesaria para que nazca entre nosotros una nueva relación, la de colegas.

Yolis no exteriorizó cuán halagado se sentía. Algo inseguro de sí mismo, había considerado que tal vez su maestro y guía no estaba completamente complacido con su desempeño; el gesto de hoy lo revitalizaba y la oportunidad que ahora se abría no le permitiría quedarse inmóvil.

Yolis le dio las gracias, y añadió:

—Yo no veo nada incorrecto en lo que estamos considerando. Se trata de compartir con un grupo interesado la información que celosamente guardamos. Esa es exactamente la razón de ser del museo.

—Un grupo que, sin embargo, no está formalmente constituido.

—Lo cual podríamos exigir, si nos preocupara demasiado. Pero me parece que es exactamente para eso que existe el museo —insistió.

No podían limitarse a quejarse porque nadie consultaba la información del museo. Ahora tenían la oportunidad y había que aprovecharla. Si la información era utilizada con fines trastocados, esa no sería su responsabilidad. De hecho, siempre podrían hacer las notificaciones al comité correspondiente en el Gran Consejo de Ancianos...

Yolis se sintió como un adolescente quien descubre con sorpresa que los adultos empiezan a tomar en consideración sus opiniones.

—Me complace tu razonamiento, Yolis. Coincide plenamente con mi punto de vista, pero no quería tener sobre mis hombros la responsabilidad de haberte inducido a tomar una posición que potencialmente podría engendrarnos algún problema, aunque ahora parezca improbable.

Claris, quien ya había notificado a Donis de lo que probablemente había sido un fracaso en la gestión con los encargados del museo, recibió la solicitud de conexión cuando se encontraba en el ritual de aseo cotidiano. Después de haber recibido la mesurada radiación responsable de una piel aséptica, traspasar la cortina de microgotas de agua estéril y finalmente ser secado con aire tibio, completando el ciclo de limpieza diario, fue avisado que se requería una conversación con él por parte del director del Museo de Historia de la Isla de Frisco.

Parecía que la suerte corrida por el resto de los museos de la región había pesado lo suficiente y el encargado del museo tal vez reconsideraba su posición.

Cuando finalmente estuvo listo, estableció la comunicación. Tal vez no le sorprendió observar complacencia en Gabilis, quien le dijo:

—Quería notificarle que, después de haberme reunido con mi asistente, hemos decidido seguir considerando vuestra solicitud. ¿Cuándo podemos volver a reunirnos personalmente? Hay temas que necesitan de esta forma de comunicación para ser realmente efectivos. Además, ustedes van a notar que nosotros preferiremos seguir algunas costumbres consideradas arcaicas. En fin, va de acuerdo a nuestro trabajo.

Claris, quien no conocía ciertas usanzas ya extintas, no supo interpretar el tono de broma que había en la última frase de Gabilis. Aunque tan leve que en otros tiempos casi hubiera pasado desapercibida, Gabilis se nutría de la historia y sabía perfectamente en lo que consistía, aunque le faltara experiencia y audiencia calificada.

—Excelente. Pongámonos de acuerdo en la fecha y hora, y allá nos veremos. Iré con Patris, ¿de acuerdo?

En cuanto concluyó la conversación, Claris procedió a contactar a Donis.

El cambio de parecer tenía sus aristas delicadas, considerando cierta dosis de paranoia. Podía ser bueno y podía ser malo. Tal vez inicialmente decidieron negarse pero, luego de informar a algún comité, éste les instruyó aceptar para ver hasta dónde llegaban las cosas. La otra posibilidad era que siempre quisieron hacerlo, pero decidieron actuar con cautela pues no sabían quiénes eran los visitantes y, después de investigar, decidieron aceptar la propuesta.

—Tendremos que ser prudentes de todas maneras.

—Estoy de acuerdo, Donis, pero no dejemos que el miedo o la precaución excesiva nos paralicen. Siento que hemos encontrado una nueva veta a explorar, y no debemos abandonarla.

—¿Para cuándo fijaron la cita?

—Para mañana mismo. Y fueron ellos quienes sugirieron la fecha; parecen muy interesados.

—Bien, sean cautelosos pero no tanto como para desanimarlos. Ellos deben convencerse que este camino es el mejor para restaurar la importancia del museo. Ojalá no sea una trampa.

—Basta, Donis. Creo que estás siendo demasiado cuidadoso, y hasta pesimista. Patris y yo estamos entusiasmados. Ojalá que todos, incluyéndote por supuesto, lo estén también.

—Tranquilo. No dejes que mi dosis de paranoia te contagie. De alguna forma siento que ahora mi función es cuidar al grupo aunque realmente esa es la función del líder. Esa era la función de Delis y ahora será la tuya.

—¡De ninguna manera! —indicó Claris con firmeza—Yo estoy viejo, pero ya encontré lo que pretendo hacer antes de terminar mi vida. Por primera vez en más años de los que quisiera recordar estoy entusiasmado. Ya compartí con ustedes cómo me he estado sintiendo últimamente. El trato con los encargados del museo ha cambiado súbitamente todas mis perspectivas de vida. Quiero dedicarme a esto; tú eres el líder natural del grupo de estudios de la prehistoria y en la próxima sesión voy a proponer que así se te reconozca. Esa responsabilidad ha estado indeterminada, para no decir vacante, desde que Delis se fue al consejo, pero ya llegó la hora de eliminar esa ambigüedad. ¿Tienes alguna objeción?

Donis, por supuesto, no tenía ninguna. Sabía que él podía ejercer mejor esa posición y que Claris ya no querría hacer otra cosa que participar en el estudio a realizarse en el museo.

Delis había recibido una notificación formal, vía Cunctus por supuesto, de su admisión como aspirante a miembro del grupo de estudios históricos; sin embargo, la admisión definitiva estaba sujeta a una serie de entrevistas cuyo objetivo era determinar la valía de Delis para dicho grupo. Era evidente que el grupo de estudios históricos era de interés y de valor para Delis; ahora faltaba comprobar el otro lado de la moneda. Le desesperaba saber que no había nada que él pudiera hacer en ese momento… sólo cabía esperar.

En el Consejo Supremo, ahora en estado de alerta, Alesis era el miembro encargado de supervisar al grupo de estudios históricos. Como también era parte de la pareja formada para fortalecer la seguridad sobre la prehistoria, se puso en contacto con Franis, líder de dicho grupo.

—Franis, es fundamental informarte que en el Consejo Supremo se ha acordado incrementar el nivel de seguridad en diferentes áreas. Como sabes, no estoy en capacidad de indicarte las razones, pero es esencial tu cooperación, especialmente si recibes o detectas interés en la prehistoria. Ante cualquier solicitud o evidencia de interés especial, debes notificarme de inmediato. Más aún, no debes hacer nada al respecto. Tendrías que dejar correr los eventos hasta recibir instrucciones, pero habrías de darle seguimiento constante.

—Por supuesto —asintió Franis, intrigado—. ¿Alguna luz adicional? Es importante obtener toda la información posible y así tener suficientes elementos para identificar las pistas —dijo, ocultando mal su curiosidad.

Alesis ignoró la pregunta, dejándolo más intrigado.

Lo que Delis consideró como la primera entrevista parecía ser la suma de todas ellas. Estaba, a través de Cunctus, ante Franis, líder del grupo de estudios históricos. Éste le advirtió que él tenía la lista de preguntas que a través de los siglos se habían efectuado a los aspirantes y cuyas respuestas serían analizadas por los miembros del comité de admisión. Sin embargo, esta única entrevista sería sostenida solamente con él, en su papel de líder.

A pesar de una primera imagen de dureza, la audiencia se desarrolló de una manera cordial. Delis le relató de toda una vida de interés por la historia. Omitió, sin embargo, hablar explícitamente de la prehistoria, pero dejó entrever que la historia era un continuo, el cual el hombre había arbitrariamente separado en etapas; los hitos que delimitaban las mismas debían considerarse cambios escalonados sin desvirtuar el concepto de continuidad.

Había sido cuidadoso, pero como sabía que todas estas aseveraciones quedaban debidamente registradas en Cunctus, podría hacer referencia a ellas caso de una disputa o con el motivo de aclarar cualquier malentendido, ya fuera genuino o fabricado.

Con el transcurrir de las semanas y los meses, Delis seguía frustrado en lo que estaba empezando a sentir como una prisión. Cuando decidió solicitar su admisión al consejo había abrigado la esperanza de que se abrieran para él las puertas de la verdad, de esa verdad que le permitiría conocer la historia real del ser humano. Pero muy poco había logrado. Empezaba a cambiar de parecer; pensaba en lo inútil que había sido para él la pérdida de todos sus compañeros. Aquel pensamiento lo desesperaba. No aceptaría ese destino; solicitaría la terminación de su vida. Nunca se había atrevido a hablar de ese tema con nadie, incluso considerarlo en serio, pero evidentemente se trataba de una opción a su edad. Si tan sólo pudiese acceder a toda aquella información que estaba seguro residía en algún vericueto virtual de Cunctus. Tal vez en el grupo de estudios históricos podría finalmente averiguar si existía más información disponible a los miembros de ese grupo. Sin embargo, tenía la preocupación de que prolongaran excesivamente el proceso de admisión por tratarse de un miembro novato. O, peor aún, que de plano lo rechazaran. Sería devastador. Sin embargo, la idea de que si eso sucedía entonces solicitaría la terminación de su vida le tranquilizaba. Por supuesto que no era lo deseado. Anhelaba acceder a la información de la historia y la prehistoria, la cual seguía escondida de la humanidad.

Como parte del proceso de admisión le habían indagado sobre sus intereses y sobre su participación en algún grupo de estudio, legítimo por supuesto. Pudo citar grupos de interés a los cuales perteneció durante su juventud, pero justificando un período en el cual no había participado en ninguno confesó la decisión personal de circunscribirse al estudio individual, a lo cual había dedicado gran parte de las últimas dos décadas. Sabía que tal vez les parecería extraño, pero tampoco era ilegal ni demasiado inusual, por lo cual al final no tendrían otra opción que creerle. Sin embargo, no sabía si eso le restaría tantos puntos, por así decirlo, que atentaría contra su admisión. Se preguntaba si existía alguna obligación de acoger a los miembros del Gran Consejo de Ancianos en algún grupo de estudio. La respuesta tendría que ser afirmativa pues, de lo contrario, ¿cuál sería el papel a jugar por aquellos miembros huérfanos? ¿Limitarse a votar en los asuntos en los cuales tenían derecho a hacerlo? No parecía razonable, pero se dio cuenta cuántas cosas no conocía aún sobre el endemoniado consejo y se decidió a despejar estas incógnitas tan rápido como le fuera posible.

En fin, no podía hacer más que esperar… esperar. A su edad ya el tiempo no se veía en la misma forma que varias décadas atrás. Al fin y al cabo había cumplido los ciento setenta y dos años de edad. Aquello quería decir que, al estar hablando en términos estadísticos, podrían quedarle muy pocos años de vida. Pocos años para saber la verdad y, ojalá, tener la oportunidad de revelársela a su querido grupo de estudios de la prehistoria; así ellos podrían profundizar sus hallazgos. Cuando pensó en el grupo que él había fundado, guiado y desarrollado, le volvió a embargar una emoción intensa. Tendría que ser la edad, pensó; seguramente ya estaba demasiado viejo y las emociones querían adueñarse de su razón. Tal vez así debía ser...

Y con ese pensamiento se quedó dormido. Dormido en forma individual.

Hacía muchos, muchos años que no dormía conectado a la colectividad.

CAPÍTULO XII

Claris y Patris habían llegado finalmente al museo de historia. En esta ocasión la travesía física al museo les había parecido más complicada. A pesar que podría pensarse lo contrario, era Patris quien había estado algo nervioso, mirando hacia todas partes como si temiera ser seguido. Al arribar se sentía confiado de que no había sido así. No le había comentado a Claris sobre aquel miedo; éste estaba tan exaltado con las posibilidades de esta aventura que no deseaba pensar en otra cosa. Se imaginaba explorando dentro de las cavernas de las montañas Rocosas. ¿Cómo serían? Se percató de que no tenía la menor idea. Se negaba, consciente e inconscientemente, a pensar en un posible fracaso de aquella visita. A su edad, pocas cosas podrían llevarle a ese nivel de entusiasmo y, una vez logrado, no estaba dispuesto a regresar a la situación anterior, donde ya no veía aliciente en continuar su existencia.

El museo era una estructura incrustada en el terreno, como la mayoría de las construcciones de la época. Viendo el edificio desde fuera resultaba imposible saber cuántos niveles estaban bajo la superficie. No serían tantos, pensaron. En un lugar tan cercano al mar, como era la isla de Frisco, las filtraciones subterráneas de agua seguramente harían innecesariamente costoso construir muchos niveles bajo tierra. Sin embargo, como el museo estaba en una parte algo elevada de la Isla, era posible que se construyeran varios niveles subterráneos si el subsuelo no era muy rocoso. Aunque las técnicas y los materiales de construcción permitían casi todo tipo de edificaciones, tal como se hacía desde siempre se analizaba el costo y el beneficio de cualquier obra antes de tomar la decisión de proceder. Aunque ese museo seguramente había sido construido hacía mucho, mucho tiempo…

Yolis los recibió con cara de entusiasmo. Eso tranquilizó a Claris quien, aunque a Patris le pareciera lo contrario, estaba también atento al tema de la seguridad. Después de bajar algunos pisos por un elevador magnético y tras caminar por un pasillo construido de aquel conspicuo material blanco, llegaron a la oficina de Gabilis, director del museo.

—Bienvenidos —dijo Gabilis—, estamos seguros que esta investigación va a darle nueva vida a nuestro museo.

Parecía sincero, pensó Claris. Pero tendrían que andar con cuidado; siendo el mayor de la pareja de visitantes, respondió a las formalidades.

—Yolis y yo —retomó Gabilis la palabra— estaremos muy complacidos en compartir con ustedes el contenido de este museo con el objetivo de estudiar la historia. Desde ahora les informo que no hay secretos entre él y yo. Si luego de agotar los recursos con que aquí contamos requerimos más aún, trataremos de lograr el acceso al museo de historia de las cavernas de las montañas Rocosas, en un lugar llamado Colorado, para obtener allí más artefactos y referencias históricas. Desde luego que se requerirán permisos especiales, los cuales no estoy completamente seguro que podamos obtener pero, en fin, será cosa de tratar en su momento. Por ahora nos limitaremos a lo que existe en este museo, el cual es mucho más grande de lo que pueda parecer. Tiene catorce niveles en total; algunos de los niveles inferiores, casualmente aquellos dedicados a almacenar objetos y artefactos antiguos, son los de mayor extensión…

El corazón de Claris dio un vuelco. Era muy probable que, sin llamar la atención, en este museo pudieran encontrar muchas respuestas a las inquietudes de su ilícito grupo. Tal vez era demasiado temprano para alegrarse. Tal vez sería necesario arriesgarse y solicitar el acceso a las cavernas de Colorado, pero ya llegaría el momento de preocuparse por eso. Ahora había que entrar a estos almacenes, los cuales podrían contener mucho más de lo que jamás habrían imaginado.

—Estamos dispuestos a comenzar de inmediato —respondió Claris—. Nuestra idea, si a ustedes les parece adecuada, es estudiar la historia relativa a los eventos más importantes que conocemos. En realidad el más importante es el de la crisis del primer milenio. De allí nos intriga sobremanera lo que inmediatamente precedió y sobrevino a la misma. Lo primero para conocer las causas y lo segundo para comprender las acciones que se tomaron y las lecciones aprendidas de dicha crisis, las cuales dieron lugar a la civilización de hoy.

Gabilis coincidió en que efectivamente ese era el evento más importante a estudiar en la *historia*.

De haber conocido la expresión, Claris habría pensado que estaba *cazando brujas*, pero había sentido que Gabilis había acentuado la palabra *historia*, aparentemente a propósito, de una manera que seguramente le daba algún significado especial. Claris quiso leer el significado de esa entonación, pero le resultaba imposible. Sólo podía anhelar que hubieran acertado y se tratara de una confirmación sutil de la existencia de información sobre la prehistoria en el museo.

Gabilis propuso que todos se dirigiesen a la primera sala, para allí explicarles cómo estaba organizada la información. Así podrían planificar mejor el método a seguir, al igual que los horarios. Por la relativa dificultad de movimiento, sugirió obtener el mayor provecho posible de cada visita.

—¡Vamos! —exclamó, con entusiasmo.

Cuando llegaron, Claris se desilusionó. Sólo vieron unas mesas sobre las cuales yacían unas máquinas, aparentemente antiguas, con unos visores arcaicos y pequeños audífonos. El piso y las paredes se encontraban pulcros, y se acordó de los insectos artificiales encargados de aquella tarea; eran algo que formaba parte de la civilización, tanto así que a veces olvidaba su existencia. Claris soñaba encontrar un almacén lleno de polvorientas cajas con un contenido más allá de su propia imaginación.

—Estos son los visores. Están conectados a una computadora especial que opera sólo internamente en el museo —explicó Gabilis—, la cual contiene tanto la información como sus índices.

Continuó indicando que en los almacenes existían artefactos originales a los cuales muy pocas personas tenían acceso. Por supuesto que éste se realizaría en conjunto con ellos y sólo cuando tuvieran las suficientes razones para ver los artefactos propiamente dichos, pues muchos estaban en condiciones físicas delicadas y resultaba importante minimizar su manejo directo.

—Siéntense y familiarícense con los visores y los métodos de acceso —añadió—. Esta información es completa, no censurada, y por lo tanto podrán encontrar hechos descritos en forma ligeramente diferente a la historia como la conocemos; y, a veces, muy distinta. Esto es así pues los documentos que podrán obtener provienen de diferentes fuentes y puede ser que alguna de ellas difiera con el grupo que finalmente controló esa etapa histórica y el cual, por tanto, destacó sus valores en la *historia oficial*.

—Hay un refrán de orígenes perdidos que dice: "la historia la escriben los vencedores" —comentó Patris.

—Ciertamente y aquí podrán apreciarlo en todo su significado —añadió Gabilis, con un gesto pícaro.

Yolis asistiría a Patris, y Gabilis a Claris. Así, en poco tiempo, ambos serían diestros en este aspecto mecánico y podrían dedicarse a establecer objetivos, investigar y comparar notas.

Parecía una forma muy astuta de mantenerlos delimitados dentro de un ámbito de búsqueda. Al establecer entre todos unos objetivos específicos, no estarían en completa libertad para buscar cuanto se les antojara. Al tener que comparar notas no podrían llegar con las manos vacías luego de estar investigando algún tema diferente al acordado. Era una manera sencilla de darles una herramienta que en teoría no tenía límites pero, aun así, mantener su entorno de búsqueda bajo control.

No les tocó más que aceptar con una sonrisa. Luego procedieron a iniciar sendas sesiones guiadas por sus anfitriones.

Claris se extrañó de lo primitivo de los visores. Tenían una pantalla plana y diminutos audífonos, con un micrófono también muy pequeño para transmitir verbalmente las órdenes al visor y por su conducto a la computadora central con la cual estaban conectados. Estaba acostumbrado desde siempre al integrador, prescindiendo de instrumentos primitivos como los que ahora enfrentaba. El hecho de estar utilizando un dispositivo tan antiguo, no obstante, le ponía en el ánimo correcto para el estudio histórico; sentía que había iniciado ya el anhelado viaje al pasado.

Hicieron algunas pruebas, constatando que se trataba de un procedimiento relativamente sencillo. Junto a algunos de los eventos específicos consultados aparecía en la lista una marca; al preguntar su significado, se le indicó que se trataba de la existencia, en el almacén, de artefactos relacionados. Gabilis le indicó cómo obtener esa información, pero también le aclaró que por ahora habían instruido a la computadora advirtiendo que ellos no tenían el nivel de autorización requerido para tener acceso a esos artículos y, por esa razón, si cualquiera de ellos lo solicitaba, la computadora ignoraría su petición. Aquello vendría después.

Luego de una hora de sesión ya se sentían diestros. La sala donde se encontraban los visores tenía también una mesa y un tablero electromagnético donde podían escribir notas que les servirían para coordinar el trabajo. Acostumbrados a Cunctus, donde las notas eran innecesarias, nuevamente se sintieron, felizmente, como en un viaje al pasado.

—¿Cómo vamos a recordar las cosas que hemos encontrado? —preguntó Claris.

—Ah… Se me olvidaba —añadió Gabilis—, la computadora guarda el resultado de las búsquedas para cada uno de nosotros. Estos resultados quedan memorizados y se pueden transmitir a unos dispositivos antiguos llamados *cubos de nanomemoria*. Sin embargo, existe la forma de transmitir el resultado de esta información a Cunctus, de tal forma que pase a ser un recuerdo privado e individual, tal como si hubiera sido Cunctus la fuente de la información. De allí en adelante es posible recordarlo completamente, en la forma acostumbrada.

—¿Cuál método utilizan ustedes? —preguntó Patris.

—Utilizamos ambos, dependiendo de la ocasión. Nosotros disponemos de los dispositivos de nanomemoria; ya no se fabrican, por supuesto, pero disponemos de una cantidad suficiente para toda nuestra vida. De cualquier manera, creo que la forma más adecuada para ustedes es la transferencia de información a Cunctus.

Claris instintivamente pensó en los peligros involucrados. Si hubiese información sobre períodos prohibidos ¿cuál sería la reacción de Cunctus? ¿Se ocuparía de analizar la información o sólo se limitaría a almacenarla? Había tantas preguntas que no tenía a quién efectuar. Sin embargo, pensó, ¿para qué les hablaron de los cubos de nanomemoria? Si ellos no debían utilizar este método ¿qué sentido tendría habérselos explicado? Podría ser solamente para que supieran, pues tarde o temprano se enterarían. O podría ser una sugerencia de que habría información que no se querría almacenar en Cunctus. ¿Sería una trampa... o un mensaje?

En el transporte de vuelta a sus viviendas, Claris y Patris intercambiaron opiniones sobre la experiencia. En general, había sido extremadamente positiva. Sabían que la cantidad de información y de artefactos que existía en el museo era enorme, más de lo que habrían podido imaginar. La falta de confianza, no obstante, los traía confundidos... incómodos. Era tan desagradable no poder fiarse, mas no debían hacerlo. Tenían que averiguar todo lo posible y transmitir los hallazgos al resto del grupo, de tal forma que si cayeran en una trampa sus colegas supieran por dónde continuar y en quién no confiar; sólo ellos serían los sacrificados. A Claris le dolería por Patris, quien era mucho más joven y tenía toda una vida por delante, pero para él no había la menor traza de dudas, estaba en el clímax de su carrera y de su vida; lo que podía aprender sería lo más interesante que le pudiera ocurrir en esta etapa. Lo previsto hace tan sólo un corto tiempo atrás, como un período de su existencia que tal vez no querría vivir, se había convertido súbitamente en el período más excitante que podía recordar. Era algo extraordinario y no dejaría de vivirlo por nada del mundo.

Acordaron que lo experimentado ese día era muy delicado para discutirlo a través de Cunctus, lo cual harían en la próxima reunión del grupo planeada para la semana subsiguiente. Se morían de ganas de contarles a sus compañeros los avances y hallazgos, pero discutir eso a través de Cunctus podría ser exactamente lo que estarían esperando si se tratase de una confabulación en su contra.

A Claris no le importaba si era una trampa, sólo le importaba evitar que lo detuvieran antes de haber investigado lo suficiente; antes de haber descubierto los secretos que, él estaba seguro, tarde o temprano le costaría la vida.

CAPÍTULO XIII

En una conversación hipersecreta, modalidad que estaba reservada para los miembros del Consejo Supremo y la cual nadie podía interceptar, Arcturis iniciaba un intercambio con Yaris, su pareja en el consejo y co-responsable de la seguridad sobre el nuevo conector bioelectrónico con Cunctus; en la conversación tripartita participaba Ramis, líder del grupo de estudios genéticos.

Como era costumbre, los líderes de los grupos eran los únicos miembros del Gran Consejo de Ancianos conocedores de la existencia del Consejo Supremo y, bajo pena de la sonda cerebral, tenían absolutamente prohibido revelarla.

Arcturis les dio la bienvenida e inició la conversación. Todos fueron conscientes de que era privada, pero Ramis no podría haber sabido sobre el extremo nivel de seguridad que la protegía.

—Ramis —continuó Arcturis—, Yaris ha sido asignado junto conmigo para entender, en toda su magnitud y profundidad, este importante tema de los cambios genéticos que investiga el grupo que conduces. Como puedes suponer, el tema de una modificación genética a la especie humana es de la mayor trascendencia y por lo tanto requerirá no sólo de este primer estudio a profundidad, sino del mayor análisis posible.

Ramis asintió.

—Dejemos las formalidades —prosiguió Arcturis—, pues la importancia del tema no da lugar a las mismas. Lo primero que deseo es escuchar directamente de ti una explicación más detallada y actualizada del planteamiento actual. Yaris, si tienes alguna observación antes de que Ramis nos ilustre, es mejor que lo indiques ahora.

—Quiero entender lo mejor posible —dijo Yaris— todo lo relacionado a la forma de lograr el cambio, lo cual es tan importante, a mi juicio, como el cambio en sí; también las capacidades resultantes para las nuevas generaciones. Las implicaciones filosóficas las podemos dejar para otro momento.

Ramis tomó la palabra y explicó cómo el requerimiento original provino de la necesidad de establecer una comunicación más directa con Cunctus. Ya Arcturis conocía el tema, pero quería asegurarse que Yaris estuviera al tanto de los pormenores.

—Al fin y al cabo —dijo—, han pasado siete milenios y la forma de comunicación ha mejorado continuamente, pero su funcionamiento básico sigue siendo el mismo.

Continuó explicando cómo entonces surgió la idea de una conexión directa al cerebro, así como los cambios genéticos ideados y el conector bioelectrónico necesario para la conexión final con Cunctus.

—He narrado en pocas frases algo que tardamos muchos años en concebir y desarrollar. Además, no es posible implantar el conector, aunque sea pequeño y fácil de introducir bajo la piel, hasta cuando el individuo haya alcanzado cierto grado de madurez en cuanto al desarrollo del nuevo nervio y de su complemento cerebral. Afortunadamente esto ocurre muy temprano durante la niñez, por lo cual no afecta negativamente el desarrollo de su potencialidad. Como deben suponer, hemos efectuado las pruebas utilizando clones a los cuales hemos aplicado drogas de crecimiento acelerado; eventualmente los hemos desechado.

La creación de un clon con cien por cien los genes de un solo ser, contrario a la creación de un nuevo ser con genes combinados de dos seres independientes, era considerada algo completamente diferente desde el punto de vista legal. Sin embargo, se trataba de seres que para el resto de los efectos prácticos eran completamente normales.

—Este trabajo supone —continuó— un gran peso emocional sobre los colegas responsables de los experimentos y, por tanto, pone un límite a los ensayos que podemos efectuar. A pesar de ello hemos completado muchas pruebas, el resultado de las cuales está a su disposición para análisis y estudio.

Ramis hizo una pausa esperando preguntas, mas no recibió ningún comentario. El peso de la descarga había atontado a la audiencia, pensó.

Continuó entonces indicando que también había sido necesario desarrollar y probar el conector de cara a Cunctus. A su juicio esto había resultado técnicamente menos complejo. Los experimentos para medir la velocidad de transmisión de información habían dado resultados extraordinarios. Comparados con el integrador, habían logrado velocidades de transmisión un millón de veces más rápidas, con un canal de mucha mayor amplitud. Resultaba difícil imaginarse las repercusiones en el conglomerado de la sociedad.

Mientras Ramis hablaba, los hombros de Yaris iban parodiando el peso emocional que se acumulaba sobre él. Y sobre la humanidad.

—Si pudiéramos hacer este cambio en la población existente... pero es imposible —siguió explicando—. Se trata de nuevas generaciones y se requerirá de más de ciento setenta años para que los nuevos seres humanos lleguen al Gran Consejo de Ancianos. Antes del reemplazo completo, la humanidad tendría dos tipos distintos de personas, las cuales contarán con características diferentes de una naturaleza importante.

—Preocupante —fue lo único que atinó a decir Yaris—… preocupante.

—Lo sabemos. Pero esa no resultó ser la parte más delicada…

Ramis abordó el plato fuerte, y Arcturis se acordó de Plinis… y de la Conjunción.

»Este proceso se perfeccionaría con las nuevas generaciones de individuos —continuaba Ramis—, los cuales incorporarían el cambio genético, haciendo las copias futuras más fieles; se estaría hablando de lograr una duplicación casi perfecta de los seres y por ende un aumento indefinido de la longevidad; eventualmente, se lograría la inmortalidad…

—¡Imposible! —rugió Arcturis, alterado—. Te lo dije con anterioridad; existen estudios, teóricos por supuesto, los cuales predicen el estancamiento de una civilización que logre prolongar indefinidamente la vida. Finalmente se requeriría forzosamente regresar a la renovación. A aceptar nuevamente *la muerte* —lo dijo con cierto placer morboso, como intentando castigar a los osados. Luego de una pausa, después de saborear su comentario, continuó:

»Estos estudios ni siquiera consideraron la inmortalidad, sino sólo la prolongación excesiva de la vida. Los individuos tendrían que aceptar nuevamente la muerte como parte de la propia vida y como parte de un proceso natural de renovación de la civilización y de la especie. No hay alternativa. Esto se analizó hace varios milenios aunque en un contexto diferente, pero es igualmente válido para el caso que presentas hoy. En ese entonces se consideró que la vida podría extenderse mucho más de lo actual y se decidió no hacerlo. Esto ha sido reconsiderado en varias ocasiones, inclusive en tiempos no tan lejanos, y siempre ha sido desechado. Ahora lo será también, ¡estoy seguro!

—Sin embargo, si me permites, Arcturis —intervino Yaris—, estoy en principio de acuerdo contigo, pero considero importante dar cabida a todas las opciones. No podemos prejuzgar una alternativa como inaceptable y por ello no analizar las consecuencias de adoptar la misma.

Arcturis se disculpó… En aquel mundo no había mucho espacio para tantas emociones. Se esperaba que hiciesen un análisis objetivo del problema y sometieran sus consideraciones y recomendaciones al Consejo Supremo. Sin embargo, eran casualmente los miembros del Consejo Supremo quienes se permitían más libertades, incluyendo la de sentir más intensamente las pocas emociones a las cuales estaban expuestos en aquella sociedad.

—Creo —continuó Yaris— que debemos considerar los dos temas como aspectos inseparables del mismo problema. No podemos considerar este cambio para después enfrentarnos a una nueva escisión o algún desastre social impredecible.

Todos estuvieron de acuerdo. Arcturis inquirió a Ramis sobre cualquier aspecto pendiente.

—Sólo la seguridad —dijo—. No disponemos de un laboratorio con suficiente capacidad; así no podremos mantener la confidencialidad. Deseamos solicitar la asignación de alguna granja pequeña para uso exclusivo del proyecto o bien la creación de una granja experimental más grande que el laboratorio actualmente asignado. También requerimos los instrumentos para producir el crecimiento acelerado más fácilmente, así como la capacidad para *disponer* de los clones. Aun con el limitado número de clones desechados hemos sido objeto de muchas preguntas.

—Comprendo. Eso puede arreglarse sin mayores dificultades. El asunto es saber si disponemos de un *acuerdo* para continuar con estos experimentos.

Una conversación a través de Cunctus nunca era como una conversación cara a cara. Sin embargo, Arcturis pudo percibir una expresión mezcla de desilusión y rabia en Ramis por la resistencia que enfrentaba. Arcturis pensó en las dificultades provocadas, en esta temprana etapa, por este tema tan espinoso y en la actitud que podrían tomar los miembros del grupo de estudios genéticos si el Consejo Supremo les prohibía seguir con los experimentos que estaban llevando a cabo…

La reunión terminó sin ningún otro percance y cada uno regresó a su ámbito de estudio donde, por separado y posteriormente en conjunto, tratarían de analizar las implicaciones de estos cambios y efectuar sus recomendaciones. A Arcturis le preocupaba enormemente el efecto en la actitud de Ramis. De alguna manera daba por segura una decisión negativa del Consejo Supremo… una prohibición tajante. Primero debería asegurarse que Ramis no revelara la existencia del organismo a los otros miembros de su grupo, y luego que no fuesen a continuar clandestinamente con los experimentos. Aquí la palabra *clandestinamente* era complicada pues, como grupo legítimo en el Gran Consejo de Ancianos, donde muy pocos sabían de la existencia del

Consejo Supremo, ¿quién cuestionaría la decisión de cualquier grupo de elegir los experimentos a realizar según su propio criterio?

Y, por segunda vez en menos de diez minutos, medida de tiempo de otras épocas, volvió a pensar en La Conjunción.

Grupo de estudios de la prehistoria (clandestino)
Delis
Claris
Donis
Martis
Moris
Patris
Rulis

Consejo Supremo
Plinis
Arcturis
Alesis
Aramis
Simanis
Yaris

Grupo de estudios históricos
Franis

[illegible] históricos
[illegible]

Grupo de estudios genéticos
Ramis
Emelis
Aurelis
Eolis
Gloris

Museo de Historia (Frisco)
Gabilis
Yolis

Grupo de análisis histórico
Leonis

[illegible] estudios [illegible]
[illegible]

CAPÍTULO XIV

Delis acababa de concluir una conversación, virtual por supuesto, con Franis, donde éste le confirmaba su aceptación final en el grupo de estudios históricos. Delis continuaba deprimido; las nuevas relaciones eran más distantes y exclusivamente a través de Cunctus; ahora se daba cuenta cuán acostumbrado estuvo a los encuentros personales con sus antiguos compañeros, tan poco usuales en el séptimo milenio.

En la primera reunión de su nuevo grupo se le invitó a escoger alguno de los temas actualmente en estudio, para que profundizara en el mismo y estuviera en posición de aportar.

Para su sorpresa, agradable además, uno de los temas era "la crisis del primer milenio" y otro "los albores de la colectividad".

Ambos podrían resultar fascinantes. Indagó si estaba permitido participar en más de un tema de estudio. Para su sorpresa, también, la respuesta fue afirmativa aunque debía ser en categoría de oyente en el segundo tema, por lo cual no estaría en posición de aportar salvo que decidiese posteriormente efectuar un cambio de tema de interés.

En alguna medida estos hechos le habían subido el ánimo. Decidió registrarse en el tema de *los albores de la colectividad.* Deseaba conocer a profundidad aquel período; la experiencia sería fascinante, estaba seguro. En el tema de *la crisis del primer milenio* se registró como oyente. Si escuchaba algo desconocido o pistas hacia nuevos rumbos, de alguna forma haría que Claris o Donis se enteraran y compartiría con ellos toda la información que pudiese.

Recibió nuevas guías sobre cómo *buscar* información. Dependería ahora de su capacidad para escarbar en las entrañas de Cunctus; no sería fácil, pues había nuevas formas de búsqueda a las cuales no estaba acostumbrado. A pesar de su edad, esperaba estar aún en capacidad para extender sus habilidades. Dio gracias pues la destreza a desarrollar era mental; sus aptitudes físicas estaban mermando. A pesar de los avances tecnológicos de la época, el proceso de envejecimiento había logrado retardarse, mas eventualmente se presentaba el deterioro de las facultades, provocando finalmente la muerte o la inhabilitación mental. Delis pensaba en ello con frecuencia y se percató de que durante los primeros nueve décimos de su vida casi no lo había considerado. No estaba al tanto, por supuesto, de los desarrollos en consideración en otros niveles de la estructura de la sociedad, de los cuales ni siquiera sospechaba.

Utilizó el método de buscar información por temas. Le preocupaba dar pasos demasiado erráticos al principio; sin embargo, encontró otra sorpresa positiva. Cúmulos de información se tornaban disponibles. No resultaba evidente la forma de manejar tanta información ordenada de aquella suerte. Trató infructuosamente algunas opciones, mas la única solución parecía ejercitar su propia memoria y, de alguna manera, se alegró; suficiente dependía ya de Cunctus para casi cualquier actividad.

Entre los muchos hallazgos descubrió que previo al desarrollo de la colectividad la humanidad tenía otra forma de interactuar. Se utilizaban unos dispositivos llamados asistentes electrónicos, los cuales estaban conectados entre sí a través de toda la Tierra. Estos artefactos, de los cuales existían versiones portátiles y otras incorporadas a las viviendas, permitían a los seres humanos intercambiar información entre sí, en parejas o en grupos. Encontró que esta actividad fue aumentando en intensidad y frecuencia al punto que una gran parte del tiempo productivo de las personas era dedicado a dicha ocupación. En algún momento y sin registro alguno de cómo ocurrió, había surgido la inteligencia colectiva, desatándose posteriormente una crisis de la cual no había registros detallados en la historia a disposición del individuo común. Parte de la humanidad deseaba proseguir en ese camino y parte deseaba mantenerse al margen e incluso retroceder en lo que la primera mitad consideraba un desarrollo social ineludible. Las cosas se pusieron al rojo vivo. Casi se desata una guerra civil a escala mundial. Habría sido inconcebible y fatal, pero la amenaza de la misma había sido muy real.

Finalmente y a pesar de que al principio los individuos mantenían la opción de utilizar o no a la inteligencia colectiva surgida misteriosamente, poco a poco se convirtió en actividad obligada. Entonces el tiempo dedicado por los individuos a la comunicación con otros individuos y con la inteligencia colectiva fue mucho mayor, estableciéndose el uso común de un dispositivo inventado antes de todo registro: el integrador, el cual después de siete milenios, aunque con muchas mejoras por supuesto, todavía se utilizaba como una de las bases de la organización social.

A partir de la fecha en que los peligros de la guerra civil a escala mundial se habían disipado y en la cual se estableció, aunque de manera opcional, el uso de la inteligencia colectiva, se empezaron a contar los años de la era actual, de la era de Cunctus. Al principio no se le llamaba así, se le conocía como la inteligencia colectiva, luego se le llamó la colectividad y finalmente Cunctus, para indicar que comprendía de alguna forma la inteligencia y memoria fusionada de todos los seres humanos.

Sin embargo, el suceso de mayor interés para Delis fue la referencia a la aparición súbita y misteriosa de la inteligencia colectiva. Por más que trató de obtener información de sus orígenes y su naturaleza, no pudo lograr nada…

Como una burbuja que emerge de un caldo de brujas, le nació la sospecha que existía otro nivel, para todos los efectos secreto, dentro o sobre el Gran Consejo de Ancianos, el cual tenía acceso a la totalidad de la información, aún la parte inaccesible al resto de los mortales.

O sería Cunctus, por alguna razón desconocida…

No tenía la menor idea.

La inteligencia de la vivienda anunció a Donis, nuevo líder del grupo de estudios de la prehistoria, la presencia de una persona en la puerta de su vivienda con intención de visitarle.

Recién había sido electo, por iniciativa de Claris y deferencia de Rulis, a esa posición tan importante para él. Era el heredero de Delis y, como tal, responsable de la continuidad del grupo.

Donis no estaba a la espera de ninguna visita y la situación resultaba de lo más inusual.

Una ola de temor surcó su cuerpo. Temió la puesta en marcha de algún dispositivo de seguridad, el cual seguramente culminaría en una sonda cerebral. De lo contrario, ¿quién y para qué le visitaría? No recordaba ninguna situación similar. Era tan inusitado…

En la reciente reunión del grupo, por segunda vez en la casa de Martis, éste había vuelto a pasar las pruebas de seguridad sin mayores tropiezos. Entonces, ¿de qué se trataba todo esto?

—Señor —insistió la inteligencia local de su vivienda—, ¿qué le digo al visitante? Está esperando su respuesta.

—Ya voy, ya voy —dijo molesto Donis, tal vez encontrando una forma de enmascarar su aprensión.

Caminó al vestíbulo y, todavía a través del visor, preguntó:

—¿Qué desea?

—Soy portador de un mensaje importante.

—¿De quién?

—Del miembro perdido.

¡De Delis! Pensó Donis. ¡Al fin! Donis abrió la puerta e invitó a pasar al desconocido.

—Mi nombre es Leonis y recibí una visita personal de Delis, quien me informó de cosas que yo ignoraba y me pidió que estableciera esta comunicación personal para explicarte varios temas. ¿Sensores?

—Un momento… —abrió una puerta de un pequeño armario empotrado en la pared e impartió las órdenes especiales— ¡Desconectados!

—Bien. Lo que voy a explicarte es también nuevo para mí. Yo no sabía de la existencia de un grupo paralelo al nuestro.

—¿A qué te refieres? —interrumpió Donis.

—Soy el nuevo líder de un grupo de estudio clandestino que lideraba Delis. Al pasar él al Gran Consejo de Ancianos le he reemplazado en esa posición.

—¿Qué estudia vuestro grupo?

—Se llama grupo de análisis histórico, pero lo que realmente nos interesa es lo que *no* revela la historia, aquello que se nos oculta.

Delis era mucho más que lo que aparentaba, pensó Donis. Parecía alguien interesado en el tema que estudiaban, pero su capacidad de organizar no sólo uno, sino dos grupos clandestinos paralelos… ¿De dónde habría obtenido las ideas para lo que había hecho? Ahora estaba él dentro del propio Gran Consejo de Ancianos. Delis parecía haberlos engañado a todos… les había ocultado su verdadero ser. Se sintió confiado en su habilidad para burlar al consejo y seguir protegiéndolos. Ahora quedaba muy clara la importancia de seguir sus directrices, pues se percataba de su gran capacidad para…

—Bien —prosiguió Leonis, interrumpiendo sus pensamientos—, el tema que me trae aquí es la solicitud de Delis de ponerte al tanto de lo que me ha confiado a mí… Él creó, desde el principio, dos grupos *espejos*. Les puso nombres diferentes. Evidentemente debió considerar que en algún momento los grupos se podrían relacionar. De paso, ese momento aún no ha llegado como después te explicaré. Los dos grupos, clandestinos por supuesto, tienen los mismos fines. Él era el líder de ambos y, sin saberlo nosotros, compartíamos información a través de él. Era una forma de protegernos. Si alguno de los grupos resultaba descubierto Delis sería el único en poseer dicha información y tendría que protegerla, aún a costa de su vida; de otra manera, ésta no hubiera valido la pena.

Leonis hizo una pausa. Donis, aprovechando la misma para tragar aquel bocado inesperado y que casi le atoraba, le pidió continuar su relato.

—Ahora que él está en el consejo y los grupos tienen nuevos líderes, tú y yo, nos pide que a través nuestro, sin el conocimiento de ninguno de los otros miembros, y de nadie más por supuesto, se comparta información. Si alguno de los grupos es descubierto, sólo una persona sabrá de la existencia del otro y Delis espera que, como él, protejamos dicha información con nuestra propia vida. Es consciente que este nuevo arreglo disminuye la seguridad de cada grupo, pero sus nuevas indagaciones deben compensar con creces el riesgo adicional que ahora corremos.

—¿Sabes a qué se refiere?

—No, no me lo dijo. Como comprenderás, Delis me ha sorprendido. Me imagino que a ti también.

—Por supuesto. Siempre vi en él sólo un aspecto de lo que ahora se revela. Nunca sospeché de su capacidad para llevar las cosas hasta donde han llegado. Ha sido realmente un plan de vida, a muy largo plazo, el cual ha sabido ejecutar muy bien. En fin, ¿qué más te dijo?

—Pretende reuniones periódicas entre nosotros dos para compartir información. Nuestro grupo está bastante estancado y me pareció entender que el de ustedes también.

—No tanto. Delis no lo sabe y no son hallazgos… aún —aclaró Donis—, pero sí pistas importantes las cuales nos podrían llevar a develamientos significativos…

Súbitamente se dio cuenta que estaba compartiendo demasiada información sin haber podido corroborar la veracidad de las revelaciones de Leonis. ¡Qué tonto! ¿Y si se tratara de alguna trampa? No podría decir más. Era tarde para excusas y decidió plantear las cosas tal como las estaba sintiendo. Leonis tenía una expresión de sinceridad y de calma que exudaba confianza, pero…

—Comprenderás —continuó, severo— que el alcance de lo que me has confiado es muy importante para nuestro grupo, incluso para su propia existencia. Yo no puedo decirte más sobre nuestros hallazgos sin antes tener algún tipo de confirmación sobre la veracidad de tus planteamientos. Como podrás advertir me veo obligado a considerar la posibilidad de una trampa. Espero que no te ofendas, pero es mi responsabilidad. Una vez pueda validar las cosas que me has revelado, te buscaré. Déjame tu dirección física y así podré visitarte, en el momento adecuado, para poner en marcha esta relación.

—No esperaba menos. Me habría preocupado si hubieras empezado a confesarme secretos muy fácilmente. Recuerda que el objetivo final es compartir información; quiero estar seguro que la persona a la cual confíe ésta la manejará con extremo cuidado. Ya me parecía que habías revelado demasiado sólo con aceptar mis explicaciones.

—Sabías suficiente para haberme sometido a una sonda cerebral. No tenía sentido alegar ignorancia, aunque después me abrazó la duda; podría tratarse de una manera de confirmar la existencia de nuestro grupo.

Aceptaron no compartir ni revelar información sobre los miembros.

Detrás de una máscara de tranquilidad, Leonis estaba tratando de calibrar a Donis. Le tranquilizaba saber que era él quien había iniciado el contacto, por lo cual Donis no podía ser la fuente de una trampa; sin embargo, era su capacidad de líder lo que observaba. Si tenía eventualmente que trabajar con él debía estar convencido que podía estar a la altura de los graves acontecimientos que veía avecinarse.

—¿Hay algún aspecto adicional sobre las revelaciones de Delis?

—No. Me insistió en establecer esta relación como primera etapa para luego hablar de sus hallazgos y de nuestros avances. Parece que Delis no se quedará quieto por el resto de su vida.

Donis quedó con una tarea importante. Sin duda sus dotes de líder se pondrían a prueba muy pronto. Y estaba dispuesto a salir triunfante.

Sabía que muchas cosas y varias vidas estaban en juego.

Martis repasaba mentalmente los aspectos más importantes de la reciente reunión del grupo, realizada precisamente en su vivienda por segunda ocasión. Dominó el tema de las investigaciones en el museo de historia y, por supuesto, destacó el hallazgo más inesperado: el museo contenía artefactos históricos y posiblemente prehistóricos en los pisos ubicados en los niveles inferiores. Aunque no habían podido descifrar las referencias originales, encontraron otras y aquello prometía ser una fuente inagotable de nuevas incógnitas y, ojalá, de las respuestas que les permitieran penetrar a la ignota prehistoria.

Podía revivir la exaltación de Patris en cuanto a las nuevas referencias de la unificación de las razas y al aparente cambio en las…

Unis demandó su atención, interrumpiendo sus reflexiones.

Era un bebé precioso, de ojos y cabellos negros, regordete como la mayoría de los bebés y de piel, por supuesto, de un tono verde claro. Siguiendo los mandatos del proceso guía, ya alcanzados los seis meses de edad Martis lo sacaba a tomar sol con alguna regularidad, con el beneficio añadido de tener una oportunidad adicional de disfrutar la naturaleza. Apenas inició aquella nueva y hermosa etapa en el desarrollo de Unis notó como disminuía la cantidad de alimentos ingeridos por él y las calorías de los mismos. Era evidente que al absorber energía solar los requerimientos energéticos de la alimentación usual habían disminuido notablemente. Unis también estaba bajando de peso rápidamente. Siempre atento al progreso del bebé, verificó a través de Cunctus y comprobó que se trataba de algo previsto. La energía absorbida del sol era totalmente pura y el cuerpo humano de esa época, resultado de las manipulaciones del hombre, no tenía el mecanismo bioquímico para el almacenamiento en forma de grasas del excedente no utilizado, como era el caso de los azúcares. No existía obesidad en el séptimo milenio EC.

El contenido de los alimentos que Unis ingería respondía a los requerimientos proteínicos y minerales necesarios para su crecimiento y balance electro-químico. Mucho calcio para el crecimiento de los huesos y dientes; estos empezaban ya a multiplicarse y cada vez que salía uno nuevo Martis debía dar a Unis un líquido de agradable sabor para evitar las molestias y hasta la fiebre que ello ocasionaba.

Martis había tomado gran cariño a Unis. Entendía la razón por la cual se le había confiado su cuidado y la naturaleza netamente psicológica de aquel proceso; sabía que no debía involucrarse demasiado mas sí brindar la protección requerida. Sin embargo, no quería y no se atrevía a pensar en el momento en que, pasados los dos años de edad, debía separarse definitivamente de él para probablemente no verle nunca más. En ese sentido el ser humano estaba solo y debía conformarse con establecer una relación pálida de familia con uno o más grupos de estudio a través de sus vidas.

Unis estaba empezando a balbucear. Martis trataba de enseñarle su nombre, pero Unis sólo alcanzaba a repetir la primera sílaba: *ma... ma.*

CAPÍTULO XV

Había actividad en el Museo de Historia de la Isla de Frisco.

—Hoy —anunció Gabilis— vamos a incursionar en la primera de las salas de artefactos antiguos, correspondiente al primer milenio. Allí podremos ver y tocar objetos que datan de esa época.

¡Del primer milenio! Pensó Claris, dando una mirada de triunfo a Patris; éste actuó disimuladamente como para que pasara desapercibido el cruce de miradas.

—¿Qué pasa? —preguntó Gabilis— Pensé que estaban esperando esta visita con ansiedad, pero no advierto mucho interés...

—No. No es eso —respondió Claris tratando de ganar el terreno perdido—, estamos sumamente interesados... por supuesto. Fue una sorpresa, no lo esperábamos todavía. Con el pasar de las semanas pensamos que tal vez iba a transcurrir mucho tiempo antes de poder realizar estas visitas. Ya casi nos considerábamos el análogo a un arqueólogo limitado a efectuar sus estudios en un museo, en vez de ir a hacer excavaciones o investigaciones de campo. ¡Por supuesto que estamos muy contentos y entusiasmados!

—Ah... eso está mejor —dijo Gabilis, todavía confuso.

Descendieron varios niveles en un ascensor de un tamaño mayor al usual. Parecía diseñado para bajar y subir carga. Era bueno ir viendo todas las salidas y entradas e ir realizando un inventario. Aunque no había planes definidos, toda esta información sería requerida en la eventualidad de elaborar cualquier plan.

Al llegar, los curiosos visitantes pudieron comprobar que el recinto tenía una altura mayor y era de mucho más área que los pisos visitados anteriormente. Estaba lleno de anaqueles numerados y con muchas cajas, la mayoría de tamaños uniformes. Había un vehículo pequeño, de uso obvio, para sacar las cajas de los anaqueles, bajarlas al nivel del piso y luego transportarlas a un área para inspeccionar los objetos, ojalá misteriosos, contenidos en aquellas urnas. Sólo podían soñar con aquellas piezas maravillosas de las cuales no tenían la menor idea. El vehículo no tenía controles y a pesar de poder transportar a una persona, el pasajero parecía sobrar. Era lógico pensar en una función automatizada; sin embargo, como había tantas cosas antiguas en el museo, la mente debía permanecer abierta y expectante. En el área de investigación encontraron visores idénticos a los utilizados en los otros pisos donde estuvieron haciendo las investigaciones de escritorio. Ahora venía lo bueno —pensaron—; darían inicio a las investigaciones de campo, donde podrían escudriñar las diferentes clases de objetos que se encontraban en el museo. Aquello también les daría una mejor idea de las cosas que tal vez encontrarían más adelante.

—Aquí se encuentran los visores de búsqueda y control —explicó Gabilis—. Con ellos se realiza la búsqueda de información, desde donde seguidamente pueden ordenar la obtención de una caja con artefactos u objetos específicos. Por razones obvias no se puede ordenar traer dos cajas simultáneamente a una misma área de investigación. Eso podría dar lugar al traspaso, aunque sea por error, de objetos de una caja a otra y al cabo de los años se perdería el control de sus contenidos. Ustedes comprenden, entropía, caos; recuerden que estos sistemas llevan aquí operando varios milenios. Es una maravilla que continúen funcionando como el primer día.

Computadoras que se arreglan a sí mismas, pensó Claris mientras descubría los diferentes dispositivos, acoplados a los visores, cuyos usos sólo podía adivinar. Cuando se disponía a preguntar, Yolis intervino:

—Estos dispositivos permiten leer medios de almacenamiento de información de diferentes épocas. Mucha de esta información se encuentra almacenada en la computadora principal a la cual ustedes han podido consultar. Sin embargo, aquí se guardan los dispositivos originales de almacenamiento, junto a artefactos de otro tipo.

Una vez frente al visor, al cual llegaron con vacilación, Claris y Patris quedaron petrificados. ¿Por dónde empezar? ¿Qué buscar? ¿Qué esperaban encontrar? Cualquier plan elaborado parecía resultar inútil ahora; las emociones nublaban la razón.

Una de las incógnitas de aquel tiempo era el aspecto del ser humano antes de la unificación de las razas, y sus diferencias. Una cosa era saber que algo existió y otra cosa era saber cómo era y cómo se comportaba. Tal vez ahora…

—A ver, Claris —interrumpió Gabilis sus pensamientos, dirigiéndose a los invitados—, parecen paralizados. ¿Por qué no empiezan? Sé cómo se deben sentir; tanta expectación y ahora no saben por dónde comenzar, pero eso se les pasará pronto.

Claris, como autómata, se colocó los audífonos y el micrófono para comunicarse con la computadora del museo, tal como lo había hecho en las salas superiores. El visor cobró vida y empezó la sesión. Patris hizo lo propio en otra estación de trabajo; contaban con la asistencia de Gabilis y Yolis. Ni Claris ni Patris deseaban llamar demasiado la atención y, como habían decidido previamente, comenzaron a hacer consultas inocentes. Sabían que los encargados del museo no eran tontos y no podrían mantenerse en ese tipo de consultas por mucho tiempo, pues seguramente llamarían la atención exactamente por inquirir temas demasiado triviales.

Fue Patris quien decidió solicitar una caja que debía contener objetos de la época en la cual se introdujo la modificación genética de la clorofila. Escucharon el zumbido casi inaudible del motor del vehículo que se dirigía a buscar los tesoros. Se llenaron de ansiedad, hasta cuando finalmente regresó con la preciada carga. Era una caja de base rectangular de medio metro de lado y un metro de largo, por tres cuartos de metro de alto. Cuando visitaron el piso habían visto cajas de diferentes tamaños, ordenadas en anaqueles. Todas las cajas en cada anaquel eran de igual tamaño, evidentemente para facilitar la función del vehículo automático.

La caja tenía un símbolo ilegible que indudablemente era para la identificación automática por algún dispositivo sensor de antaño, pero para los seres humanos leía: "Período 250~500 EC", así como otros números de identificación.

Sacaron los objetos que contenía la caja: varios cubos de nanomemoria. Además encontró unos dispositivos cuyo uso no era evidente para Patris. Hizo un gesto a Yolis y éste le indicó que se trataba de componentes para leer los cubos de nanomemoria, los cuales no eran requeridos pues los visores contaban con mecanismos similares. Había otros dispositivos de memoria de cristales pero se trataba sólo de copias de la información, como respaldo. Preferían utilizar las nanomemorias, las cuales, aunque de un viejo modelo, aún eran funcionales y extremadamente confiables.

¡Qué desilusión! Sólo información… esperaron encontrar objetos fantásticos.

—También disponemos de interfaces para leer las memorias de cristales —aclaró Yolis—. Las nanomemorias tienen una vida promedio de veinte mil años, pero las de cristales son de vida indefinida. Por ello las copias de respaldo se guardan en ese tipo de memorias.

—Pero Yolis, esto es solamente información —dijo Patris con desilusión—. Yo esperaba artefactos, objetos de la época. Esta información seguramente será la contenida en Cunctus, la cual podemos consultar en cualquier momento…

—Aunque no podemos descartar el hecho de que esta información pudiera estar censurada, lo cierto es que en todo caso contendría la censura de la época. La información que reside en Cunctus es el resultado de las censuras acumuladas de diferentes momentos históricos, incluyendo varias crisis a las cuales nos hemos enfrentado.

—No estoy seguro de comprender el alcance de lo que dices pero, en fin, procedamos a consultar estas nanomemorias a ver si contienen información adicional.

Y sí que la contenían.

¡Las razas! Tema conocido, pero de lo cual muy pocos podían atestiguar, y cuyos orígenes permanecían ignotos incluso para la civilización prehistórica. Pudieron observar fotografías, las cuales encontraron increíbles. ¡Eran realmente diferentes! Por supuesto, humanos todos, pero disímiles. No sólo en el color de la piel, sino en otros múltiples rasgos; desde la configuración y detalles de la cara hasta la del propio cuerpo. Comprendieron entonces la necesidad de transferir la reproducción a granjas de cultivo para poder implementar la modificación genética resultante en la introducción de clorofila en la piel y unificar así las razas en el género único que ahora conformaba la humanidad. ¿Sería mejor o sería peor? Pregunta simple pero profunda y de difícil respuesta. El hombre parecía haberse abocado a tomar decisiones que en tiempos aún más remotos eran dictadas por la evolución y el ambiente. No era raro entonces que se viera enfrentado a fenómenos sociales como La Escisión —pensó Patris, sin saber que Claris compartía las mismas ideas—; el ser humano había jugado con poderes más allá de su control. Podía efectuar los cambios, pero al final no podía predecir todas sus consecuencias ulteriores.

Patris miró a Yolis con una mezcla de asombro y confusión.

—A mí me sucedió exactamente lo mismo, Patris. Las cosas que aquí vemos no sólo son de gran importancia, sino que nos hacen pensar en las implicaciones para nuestra civilización.

—Es la primera consulta a estas nanomemorias y ya estoy anonadado. ¿Qué otras sorpresas me esperan?

—Muchas... son muchas las sorpresas; el pasado está lleno de misterios. Bueno, sólo son un enigma para quienes los ignoramos. Una vez se va invadiendo ese mundo, el cual pareciera que la sociedad actual pretende olvidar, se nos van aclarando las cosas; podemos comprender situaciones que de otra forma nos parecen inexplicables.

—Ante la magnitud de estos cambios, me pregunto si a la postre han resultado positivos o negativos para la humanidad.

—Vamos, Patris, es muy difícil respondernos eso.

Yolis, cándido, continuó revelando a Patris la posición que compartía con Gabilis. Para ellos, la colectividad muchas veces votaba sobre cambios importantes sin conocer a profundidad los hechos históricos que podrían darle una visión más amplia. "Quien tiene más información tomará las mejores decisiones", decía un precepto cuyo origen se había perdido en la historia. Al estudiar el devenir histórico de la civilización se podía encontrar ejemplos que permitieran llegar a mejores conclusiones. Sin embargo, esta información había sido censurada a través de los milenios por razones que no comprendían. En una ocasión consultaron esas inquietudes con un comité del Gran Consejo de Ancianos y la respuesta fue que "algo se debía estar haciendo bien, pues por primera vez en la larga historia del ser humano, se había logrado mantener estabilidad por más de seis milenios".

—En eso tienen razón, pero…

—Exacto —interrumpió Yolis—, pero resulta imposible saberlo. Podríamos haber sentado las bases para un conflicto que, gestado durante seis milenios de supuesta estabilidad, degeneraría en resultados que ni siquiera podemos vislumbrar.

Parecían almas gemelas…

—Me parece una preocupación legítima. ¿Pero cómo podemos dar consideración a esa hipótesis?

—No lo sé. Debo confesarte nuestro presentimiento positivo, despertado por vuestra iniciativa de acercarse al museo. Por alguna razón le vemos la potencialidad de permitirnos avanzar en la necesidad de establecer las bases para plantear mejor estas ideas. Sin embargo, es sólo una corazonada.

Patris agradeció la confianza. No estaba seguro de las razones que impulsaban a Yolis a compartir estas inquietudes con él, pero parecía tan sincero…

—Únicamente te pido que por ahora no lo comentes con Claris. Es mi impaciencia la que me ha hecho conversarte de este tema y Gabilis no me lo perdonaría. Te lo ruego.

¿Por qué, tan temprano en el juego, le hablaría Yolis de este tema tan delicado? Pensó. ¿Querrían confirmar la naturaleza clandestina de los intereses de Claris y Patris antes de permitirles conocer más verdades ocultas sobre la sociedad? En fin, no podía saberlo. Tenía que continuar por el camino trazado. Debía compartir con Claris sus hallazgos y considerar sus opiniones. Después de todo Claris era el mayor y, en la sociedad del séptimo milenio, ese era un hecho de la mayor importancia.

Donis abrió la siguiente sesión del grupo. Estaban ansiosos por conocer los avances logrados por Claris y Patris en sus investigaciones en el museo. Sin más preámbulos, pasó la palabra a Claris.

—Me temo —inició Claris su exposición— que lo encontrado es importante, pero no es todo lo que quisiéramos. Nos han confinado por bastante tiempo a búsquedas en la computadora del museo, antes de pasar a las bóvedas con objetos del pasado. Aunque todavía es temprano, pues apenas hemos iniciado la segunda fase, lo único que parece haber en esas bóvedas es información en forma digital contenida en nanomemorias de diseño antiguo y memorias de cristales, ya en desuso. Los equipos del museo pueden leer estos dispositivos de memoria sin problemas, cosa imposible con los adaptadores regulares adjuntos al integrador. Si bien es sólo información como la que podríamos encontrar en Cunctus, contiene muchos detalles y, lo más importante, sólo la censura de la época.

Luego de un silencio inicial de desilusión, la curiosidad encontró su camino hacia la superficie…

Patris describió su experiencia al revisar la información que describía en gran detalle las razas existentes antes del gran cambio genético que las unificó.

—Fue impresionante —explicó.

»Me pregunto —dijo, después de una pausa—, ahora que todos los nuevos seres se crean y se llevan hasta el momento del nacimiento en granjas de cultivo, ¿cuántas otras modificaciones genéticas se pueden haber introducido posteriormente sin el conocimiento y aprobación de la colectividad y sólo con el consentimiento del Gran Consejo de Ancianos?

—Mantengámonos en los hechos por ahora —solicitó Claris.

Patris siguió relatando su experiencia, como un niño relata su primer viaje al campo, o a la playa…

La desilusión original había cedido al percatarse de la importancia de estar accediendo a la fuente original de información, al menos la más directa a la cual tenían acceso.

—Posteriormente —retomó la palabra Claris—, solicité una caja con objetos de la época de La Escisión, la cual también resultó contener solamente nanomemorias y memorias de cristales.

Allí pudo obtener información detallada sobre las colonias espaciales originales. Incluyendo detalles de los primeros pasos de la conversión del planeta Marte en un símil de la Tierra, proceso aún en desarrollo, así como la posterior colonización de algunas lunas de Júpiter. Había una gran cantidad de detalle, pero lo que más le llamó la atención fue el hecho de que, en su gran mayoría, fueron los habitantes de esas colonias quienes rechazaron las modificaciones genéticas recién mencionadas por Patris. Esta división había creado una concentración de opiniones precipitando La Escisión, la cual casi acaba con la vida en el sistema solar. Pudo saborear —explicó con entusiasmo— un interesante relato de la vida de Eridiani, líder de la época, quien logró establecer un balance, al menos temporal, y evitar así la catástrofe…

—Qué extraño —interrumpió Martis—, ¿por qué ese nombre no termina en "is" como todos los nombres de personas? ¿Habrás omitido la "s" al final?

—No. Eso me pregunté inmediatamente, lo cual consulté. Por alguna razón, después del cambio genético tantas veces mencionado, se estableció que todos los nombres de personas terminarían en "is". Hay una referencia a la convención anterior, cuando terminaban en "i", pero no hay mayores aclaraciones; esto tocará investigarlo en una sesión posterior. Sucede que una vez uno solicita una caja con información, corresponde extraer todo lo que se pueda de esa experiencia y *anotar* cualquier referencia para búsquedas posteriores.

—¿Anotar?

Explicó que tenían la opción de almacenar dichas notas en Cunctus pero, por razones obvias, decidieron almacenarlas en aquellos dispositivos primitivos, imposibles de leer salvo por la computadora del museo.

—Es abrumador —comentó Rulis—, ¡tanta información! Deberíamos estar todos allí.

—Cierto —tomó el mando Donis—, pero no podemos descubrirnos ahora. Tendremos que seguir a este paso. La seguridad así lo exige.

Patris enfatizó su experiencia con los comentarios del asistente del director del museo, los cuales le sugirieron su preocupación por la inminencia de otra gran crisis, ocasionada por el equilibrio artificial de la sociedad. Relató que Yolis había pedido no comentar esto con nadie, pero estaba sumamente impaciente en compartir con él su posición. Parecía que la visita les había dado esperanza que existieran otros interesados en el tema.

—¿Y tu respuesta?

—Que contara con mi discreción, que me limitaría a ver la historia con otros ojos, comentando sólo con él mis inquietudes y hallazgos.

—Muy bien, mantengámoslo así.

—Eso pensé —susurró Patris, cómplice. Había temido no estar a la altura de los acontecimientos. Ahora se sentía en la silla del piloto o, al menos, en la del copiloto.

La reunión continuó con otros temas de menor importancia, pero al terminar, el sentir remanente era que al fin estaban penetrando en la historia y, ojalá pronto, en la prehistoria.

Y sabían que no había espacio para errores.

CAPÍTULO XVI

Aunque era una mañana fría y los campos parecían estar cubiertos de algodón, aquél era el panorama fuera del domo de energía que protegía a la ciudad de Berlina. Los miembros del Consejo Supremo se dirigieron a la reunión a celebrarse, como era usual, en el pequeño edificio de apariencia insignificante. Las reuniones se realizaban en un salón especialmente privado de cualquier tipo de sensores.

En su camino hacia el punto de reunión, Plinis se preguntaba ¿cómo se sentiría cualquier miembro del consejo de ancianos al enterarse de lo que estaba sucediendo y de no haber sido informado de semejantes temas? ¿Cómo se sentirían los miembros de la colectividad, a quienes se les pediría el voto sobre asuntos tan delicados de los cuales no tendrían conocimiento previo? Algún grupo, pensó, podría utilizar este sentimiento colectivo para tratar de desestabilizar la estructura de gobierno que duraba ya seis milenios. Aquel grupo que lo intentara tendría una buena probabilidad de lograr el poder. ¡El poder! Siempre codiciado.

Llegó al blanco edificio de una sola planta sobre el nivel del suelo y pasó por el control de seguridad, a cargo de Cunctus. Se encaminó directamente al elevador magnético, en el cual descendió cuatro pisos hasta alcanzar el nivel de la sala de reuniones del Consejo Supremo.

A la luz de otros tiempos parecería un edificio sin la seguridad que este organismo requería; sin embargo, prácticamente nadie sabía de su existencia, ni su uso o importancia. La identidad de los miembros que deseaban ser admitidos a su interior era verificada por Cunctus mediante un contacto cerebral. Nunca se había considerado, al menos desde cuando se guardaban referencias, que uno o más de sus miembros pudiera realizar acciones en contra del colectivo. Aparte de esta situación potencial, no había otro tipo de problemas previsibles de seguridad.

Casi sin saludar, se dirigió a su puesto, al que hubiera podido llegar incluso con los ojos vendados.

Le tocó a Arcturis abrir la sesión:

—Por muchos siglos el Consejo Supremo no había tratado temas de la importancia de los que hoy estamos considerando. Me toca, en el orden establecido por generaciones, el privilegio de dirigir esta sesión. Hay tres temas de importancia en la mesa y estoy seguro que habrá nuevas sorpresas, como ha sucedido en las sesiones recientes. De cada uno de ellos escucharemos un informe antes de empezar las discusiones; tenemos: el nuevo conector a Cunctus, el intento de lograr acceso a temas prohibidos de la prehistoria y la necesidad de mantener en secreto la existencia de nuestro consejo. Como lo hemos discutido en ocasiones anteriores, los temas están relacionados y contienen indicios perturbadores que nos llevan a pensar en La Conjunción. Le cedo la palabra a Plinis, quien tiene la responsabilidad de coordinar el trabajo con Alesis, relativo al mantenimiento de la seguridad sobre la prehistoria.

Plinis, quien hasta el momento se mantenía alejado, casi incomunicado, absorto en sus pensamientos, se dirigió a la sala:

—Seguramente están pensando ¿qué es lo que me ocurre? Me mantiene ansioso y preocupado mi temor a La Conjunción...

Ya eso lo sabían, pensaron algunos con impaciencia.

»Bien, es que no he podido dejar de pensar en ello —insistió—. Imaginen por un momento lo que sentiría un miembro del Gran Consejo de Ancianos o de la colectividad con sólo enterarse de la existencia del Consejo Supremo, lo cual se le ha ocultado desde siempre. Consideren la reacción de los miembros de la colectividad si le solicitamos su voto para un asunto tan importante como un cambio genético, del cual no han sido informados mientras se *cocinaba* a otros niveles. No soy experto en ese tema, pero estoy seguro que se sentirían manipulados y engañados; semejante situación podría ser aprovechada por cualquier grupo para dar al traste con la organización social de seis milenios. Parece una paradoja, pero los inicios de nuestra civilización están llenos de situaciones donde rebelarse ante una manipulación y engaño de los gobernantes ha llevado al grupo social precisamente a ser sometidos a una nueva manipulación y engaño.

¿Sería una ley olvidada sobre el comportamiento de las masas? Pensó.

»Se trata de La Conjunción —insistió—, ¿no les parece?

Reinó el silencio. Y todos sintieron el temor a la división. Vieron en los pequeños y vivaces ojos de Plinis la muerte de todo lo conocido, de aquello que les daba seguridad y aceptaban como un hecho casi inmutable.

—Para ello podría componer un grupo de estudio, o bien asignar el tema al grupo correspondiente en el Gran Consejo de Ancianos —sugirió Arcturis.

—¡Otra vez la misma solución! ¡Estudiar! Creo que es un recurso gastado y no veo que las estructuras de nuestra sociedad respondan a semejante crisis en cierne.

Las miradas de los miembros del Consejo Supremo lo dijeron todo. ¿Tendrían a un disidente entre sus filas? Si así fuera, ¿qué hacer? El comité de seguridad tendría que considerarlo, y pronto.

—Dejemos este tema para el plato fuerte y escuchemos primero los informes —dijo Arcturis, imponiendo su autoridad como líder de la sesión.

Plinis, turbado, con un gesto pidió a Alesis que presentara el informe de pareja.

—Nos reunimos con Franis, líder del grupo de estudios históricos —expuso Alesis—, quien ha aumentado los niveles de alerta, pero a la fecha no ha reportado nada inusual. Las cosas siguen su cauce. Hay diversos temas de estudio en el grupo, pero ninguno sobre la prehistoria. El más cercano es el que estudia *los albores de la colectividad*; no parece haber interés manifiesto en la prehistoria.

—Pero los cambios genéticos decisivos se dieron en el primer milenio —expuso Yaris.

—Sin embargo, ese no es un período prohibido, a menos que queramos hacer algo al respecto.

—Debemos considerarlo, pues todos sabemos que hay aspectos delicados en esa época, los cuales crearon muchas controversias y dieron lugar a La Escisión —insistió.

—Tampoco queremos llamar demasiado la atención. Propongo solicitar a Franis que participe en dicho tema de estudio para que nos mantenga informados si surgen demasiadas preguntas.

El silencio fue sinónimo de aprobación para Arcturis. Alesis quedaría encargado de comunicarle la novedad a Franis.

Seguidamente le pidió a Yaris que rindiera su informe.

—Nos comunicamos con Ramis, líder del grupo de estudios genéticos. Como todos saben, a pesar de nuestras aprensiones se le concedió al grupo unas pequeñas granjas de cultivo y de crecimiento que estaban abandonadas, aunque en buen estado. Ya están realizando las pruebas relativas a la modificación genética y al injerto del conector bioelectrónico, en cuanto a su uso y a su desuso. Además, y posiblemente más importante aún, a pesar de la oposición de Ramis los miembros del grupo decidieron hacer las pruebas relativas a la descarga y recarga de información del cerebro, utilizando las tecnologías actualmente disponibles como un elemento para estimar cuánto haría falta, tecnológicamente hablando, para lograr las bases para la inmortalidad.

Aquella aseveración cayó como el rayo que anuncia el inicio de una tormenta.

—¡Pero eso es exactamente lo que no queríamos que sucediera! —exclamó Aramis.

Yaris explicó que Ramis no lo había podido evitar. Si hubiera sido más enérgico se habría arriesgado a un motín. Hacía siglos, tal vez milenios, que el Consejo Supremo no se enfrentaba a una insurrección.

—Al menos fluirá información constantemente sobre el avance y tendremos la oportunidad de intervenir —respondió Arcturis.

Todos miraron a Plinis quien tenía unos ojos de "se los dije, los eventos nos avasallarán". El desorden continuó hasta que Arcturis volvió a ejercer su autoridad temporal.

—¡Suficiente! No se pudo hacer más. Se trata de hechos consumados. Resulta extemporáneo cuestionarnos si Ramis hubiera podido lograr otra cosa. Sólo nos hubiera quedado la opción de utilizar métodos que revelarían nuestra existencia; además, sería una confrontación no sólo con ese grupo, sino tal vez con todo el Gran Consejo de Ancianos, y no tendríamos forma de predecir los resultados.

Arcturis les recordó que, según las reglas vigentes para ellos, se consideraban en libertad de efectuar todas las pruebas que su propio grupo determinase; y era exactamente lo que habían hecho. Formalmente no existía autoridad superior. Esas reglas habían funcionado bien por seis milenios...

Hizo una pausa y miró a Plinis, quien esta vez trató, aunque sin mucho éxito, que su mirada no resultara embarazosa para Arcturis.

—Mi turno —dijo Aramis, tratando de contener la situación—. Traigo a vuestra consideración el hecho de que son los líderes de los diferentes grupos, quienes conocen de la existencia de nuestro consejo, con quienes podríamos tener un problema. Ellos están evidentemente bajo nuestra vigilancia, pero de resultar una situación de disputa o de querer forzar nuestra voluntad hasta el punto de afectar su liderazgo, podrían darse las condiciones para una rebeldía, en la cual no tendríamos tiempo de *actuar*.

Al escuchar la palabra *actuar* todos pensaron en la temida sonda cerebral...

»Nuestra mayor amenaza —continuó— es un amotinamiento coordinado entre los líderes de los grupos de estudio. Todos ellos conocen de nuestra existencia. Nuestra defensa consiste en su dispersión sobre la Tierra; son muchos y, por lo tanto, difíciles de aglutinar. Además, son relativamente pocos quienes se conocen entre sí y sus comunicaciones ocurren a través de Cunctus; las mismas podrían ser identificadas y escuchadas si lo considerásemos necesario.

Hubo un suspiro de alivio. Parecía difícil que se asociaran en suficiente número. Estaban muy dispersos y la situación no era tirante con la mayoría de los grupos de estudio.

—Sin embargo —intervino Arcturis—, tenemos que considerar que si el cambio social fuera inevitable, entonces hay que liderarlo. Oponerse sería inútil y, para nosotros, fatal. Es cuestión de convencernos que estamos ante un hecho ineludible. Parece sencillo, ¿no?

Si de este último comentario esperaba sonrisas, no las obtuvo. Había un ambiente sombrío. Sin embargo, Plinis pensó que a lo mejor había esperanza. Tal vez tendría un aliado en Arcturis, mas no sabía de quién esperar la real amenaza: la sonda cerebral. Pensándolo bien, nunca se había aplicado la temida sonda a un miembro del Consejo Supremo. Siempre se había terminado por lograr un consenso.

Allí estaba la fortaleza del consejo, pensó, pero también su debilidad.

CAPÍTULO XVII

En su vivienda, Delis llevaba a cabo la primera reunión clandestina con Donis y Leonis, nuevos líderes de los grupos espejos nacidos de sus maquinaciones de antaño. Delis casi no podía recordar desde cuándo habitaba en aquel lugar. Era un sitio apacible, en medio de un tenue bosque, cerca de una pequeña cañada. Era casi un lugar de reclusión. Cerca pasaba una calle, habilitada para el transporte de la época. De allí se debía tomar un angosto sendero que culminaba en aquel reducido grupo de casas, todas iguales, todas incrustadas en el terreno, todas conectadas de mil maneras a Cunctus. El ambiente era rural, casi de montaña aunque se encontraran en una isla; estaba, sin embargo, tan cerca de la civilización colectiva como cualquiera de las ciudades principales. Leonis había llegado primero y Donis, mientras caminaba por aquel sendero, se preguntaba de qué se trataría aquella reunión; ya conocía del grupo espejo… El sendero estaba cubierto con un material irregular, el cual, sin embargo, a pesar de no parecer poroso no era resbaladizo, aún cuando se encontraba mojado por la lluvia, adorada por quienes allí vivían. Muchos de los habitantes de la Isla de Frisco procedían de las ciudades principales, protegidas de los elementos. A la isla se dirigían aquellos amantes de los ambientes naturales; era una forma aceptada de canalizar la rebeldía de la minoría y evitar que floreciera en senderos peligrosos.

Delis inició la sesión explicando en detalle a sus discípulos sus motivaciones y razonamientos al iniciar su solitaria cruzada. Con una expresión entre nostalgia y entusiasmo, continuó:

—En este nuevo estadio deseo compartir con ustedes todo lo que vaya averiguando y que ustedes compartan entre sí el resultado de sus estudios. Es la única forma de avanzar más rápido y para mí, ahora, la velocidad se ha tornado importante. Como saben, estoy en el último décimo de mi vida esperada y se trata de una esperanza estadística, así que el fin puede estar más próximo de lo estimado y quisiera poder ver algunos de los resultados de los esfuerzos de toda mi vida.

Antes de hablar sobre los avances de las exploraciones en el museo, Donis quería ver hasta dónde revelaba Leonis. No quería aventurarse demasiado; debía escuchar primero.

—Antes que ustedes intervengan —continuó Delis—, quiero decirles que los escogí con igual celo. La confianza existente conmigo debe ser transitiva hacia ustedes. Por favor, no empecemos guardándonos información por temor. No habría justificación ni razón alguna. Se los ruego, en nombre de mis años y la necesidad de avanzar de la forma más expedita posible.

Donis se tranquilizó, pero decidió de todas maneras esperar la exposición de Leonis. Ante un gesto de Delis, estimulando el intercambio, respondió con otro cediendo la palabra.

—Nosotros estamos estancados —dijo Leonis sin preámbulos—. Esto ha traído desánimo en el grupo. La prehistoria parece estar celosamente guardada, oculta a nuestra civilización. Sólo hay referencias vagas a eventos y situaciones, pero nada que nos permita ir más allá. Sé que siete mil años es mucho tiempo, pero no tanto como para que los recuerdos se hayan borrado. Si bien no existían los avances de hoy, había suficiente tecnología para almacenar información. Tiene que existir… ¿pero dónde?

—Nosotros hemos encontrado algunas respuestas —interrumpió Donis—, pero quisiera primero escuchar los comentarios de Delis a tu exposición.

Delis, con su gran experiencia, olfateó que Donis traía algo bueno y se apresuró a dejarle el camino libre…

—Sólo puedo añadir que apenas estoy empezando a participar en los temas de estudio que antes indiqué. He descubierto que para los miembros del consejo existe otra forma de búsqueda de información, pero apenas estoy comenzando. Aún no tengo nada significativo que aportar. ¿Y tú, Donis?

—Justo después de tu retiro del grupo, Patris nos hizo notar la existencia de vagas referencias a cambios en las costumbres milenarias. Empezamos todos a buscar información y comprobamos la existencia de dichas referencias. Resultó evidente la intención de eliminarlas de la historia, pero había sido imposible censurarlas de todos los escritos.

—¿Referencias? —preguntó Delis.

Donis relató el tema con denodado detalle. Delis escuchaba con orgullo, Leonis con un asomo de celos.

—En esa búsqueda han aparecido muchas cosas, pero nada contundente. Algunos consideraron imposible encontrar algo donde aparentemente no existía nada. Sin embargo, paralelamente Patris visitó el museo de historia.

—¿Visitó?

—Sí, en persona.

—Pero eso ya nadie lo acostumbra. Para eso está Cunctus —indicó Leonis.

—Casualmente. Claris, a quien se le designó como responsable, y Patris, su acompañante, descubrieron que en el museo existen muchas referencias e información detallada, con censura solamente de la época. Se habla también de objetos…

Donis refirió los hallazgos del grupo con satisfacción y entusiasmo, en todo el detalle que pudo recabar. Leonis y Delis escuchaban con atención y admiración, encantados de que al fin aquella muralla que protegía y ocultaba a la prehistoria parecía empezar a resquebrajarse; ambos hubieran deseado ser quien relatara sus descubrimientos, pero estaba claro quiénes habían ganado la carrera.

—¡Pero esto es sensacional! —exclamó Delis— Es un avance importante.

—Sí que lo es —añadió Leonis—. Debo admitir mi desazón, pues nosotros no pudimos lograr ese nivel de progreso.

Donis siguió relatando sus impresiones y su convencimiento de que aún restaba mucho por hacer; aún no descubrían cosas importantes. Tampoco podían asistir más de dos personas, pues seguramente despertarían sospechas. Los encargados del museo parecían fascinados; temían, según manifestaron, su conversión en otro museo virtual, como casi todos los existentes. En ese momento, la información pasaría a Cunctus y sufriría una censura fresca.

—Estoy pensando —comentó Delis con preocupación— que los museos seguramente deben reportar a algún comité del Gran Consejo de Ancianos y, si así fuera, se verían obligados a notificar acerca de estas actividades. Eso podría llamar la atención más de lo deseado.

—Por ello enviamos solamente dos personas. Se les dijo a los del museo que estábamos planeando la formación de un grupo de estudio, por lo cual deseábamos ver qué información habría disponible allí; se les planteó desde un principio que no iban a encontrar el grupo de estudio oficialmente formado. Se está desarrollando una excelente relación con ellos y no prevemos problema alguno con ese tema. Sin embargo, podrían exigir la creación formal del grupo antes de proseguir y entonces tendríamos que someternos a la lupa del consejo.

—Déjame sopesar eso —dijo Delis—. Tal vez yo podría hacer algo al respecto, pero aún es muy pronto. Todavía soy considerado novato en el consejo, ¡imagínense, novato a mi edad!

Reiteró la necesidad de tomar todas las precauciones del caso y no confiar demasiado.

—Tal vez —añadió— estos museos tienen exactamente el fin de llamar la atención de los futuros miembros del *grupo de la sonda cerebral.*

Donis y Leonis se mostraron desconcertados… No sabían lo que era una broma.

—Ese es el resumen —continuó Donis, ignorando el comentario que no acababa de comprender—, todavía no tenemos resultados contundentes. Lo que sí informaron en la última reunión fue del *encuentro* con las razas. Hemos oído hablar de ellas, pero nunca habíamos tenido imágenes a nuestra disposición. ¡Eran muy diferentes entre sí! No sé si para bien o para mal, pero ahora somos una sola raza. Sin embargo, no comprendo la razón de ocultar esa realidad.

—Yo tampoco. Creo que hay una preocupación excesiva sobre el peligro de que logremos conocer nuestra prehistoria y me pregunto si existirá alguna razón específica, algún gran secreto con capacidad de cambiar al mundo, o es que la suma de nuestras averiguaciones, según ellos, podrían hacernos tomar rumbos peligrosos.

—¿Quiénes son *ellos*? —preguntó Leonis, suspicaz.

—No sabría decirlo con exactitud. Presumo que se trata del grupo al cual ahora pertenezco, con el consentimiento del consejo. La verdad es que no lo sé. Creo que la organización de la sociedad no es tan simple como nos lo han hecho creer, pero aún no tengo indicios claros y, menos aún, pruebas.

—Estas son palabras mayores —subrayó Donis.

—Sí, aunque todavía son especulaciones; es algo que me cuestiono incesantemente. Siento que la estructura de poder, como se pretende aducir, sería demasiado simple y anárquica. Algún grupo debe estar coordinando a los grupos de estudio. Presumo que será un consejo de los líderes de todos los grupos, pero nadie habla de ello y no existen referencias que yo haya podido encontrar. Las cosas siempre son más complicadas de lo que parecen, dice un adagio de origen ignoto.

Se complacieron en que finalmente estaban descubriendo cosas maravillosas, como la realidad sobre las diferentes razas. Sin embargo, seguramente se trataba de la punta del témpano; sin duda existían más secretos ocultos y tal vez resultaría peligroso seguir buscando…

—¡Pero no desistiremos! —interrumpió Donis, exaltado, como temiendo una contraorden.

Después de una pausa, Delis cambió de posición corporal, de tono y de expresión.

—Muchachos, ¿cómo están todos mis compañeros?

La cara de Delis se descompuso. Donis y Leonis nunca habían visto esa expresión en él. De hecho, en nadie más.

—¿Qué te sucede? —preguntó Donis.

—Al sentir todo lo que he perdido, me pregunto si vale la pena lo que he ganado. Sé que no querría haber hecho otra cosa, pero al recordarlos a todos ustedes, y especialmente a aquellos a quienes no podré ver tal vez jamás, me lleno de tristeza. No hay nada más.

—Pero tu cara…

Por supuesto que no comprendía… Llorar no era una de las costumbres del séptimo milenio. Muy pocas personas habían visto la expresión que precede al llanto. Y menos aún la del llanto mismo.

—Todos en nuestro grupo están bien —creyó Leonis salvar la situación—. Te extrañan y son comunes las referencias a ti y a tus consejos. Nos sentimos estancados ante tu ausencia, pero al ver los avances de nuestros homólogos voy a animarlos a la actividad. Tal vez mi propia actitud ha contribuido o causado el estancamiento del grupo. Así me he sentido… pero desde hoy será diferente.

—Muy bien, vamos por buen camino. Sólo tengamos cuidado de no enviarlos también al mismo museo, pues esto crearía sospechas obvias.

—El problema es que no hay otros museos cerca. Creaste los dos grupos espejos en la misma región geográfica.

—No tenía otra opción. Tendremos que considerar otras vías; me atreveré a enviarte algunas referencias a documentos guardados en Cunctus y disponibles a la colectividad, pero de difícil acceso.

—Será importante pues, de otra forma, no sabría qué buscar.

—Y por allá, Donis, ¿cómo están?

—Todos bien. Admitimos a Martis a nuestro grupo y

lo considero una buena decisión, aunque dispuse ir despacio pues al yo proponerlo lo considero mi responsabilidad y no quise tomar riesgos innecesarios, menos ahora que hemos encontrado una veta de información, la cual apenas empezamos a explotar. Cuando decidimos invitar a Martis estábamos estancados; era parte de los esfuerzos por lograr aquello que, sin embargo, vino por otro camino.

—Nunca lo sabrás, Donis. Pudo ser esa acción la que puso en actividad al grupo. Nadie querría que la solución viniera de un advenedizo. La psicología del individuo es a veces más complicada que la del grupo, lástima que no se estudie formalmente. Todos pretenden ignorarlo y considerar sólo al colectivo, pero en los grupos pequeños, como los nuestros, la conducta de cada integrante afecta mucho más al comportamiento del conjunto que en los grupos numerosos. Por ello me parece imprescindible estudiar la psicología individual.

—Hay tanto conocimiento que se ha ocultado, desincentivado o sutilmente prohibido, y no puedo estar de acuerdo con ello. Supuestamente vivimos en una sociedad abierta, democrática y colectiva, pero al final ni es tan abierta ni tan democrática… sólo demasiado colectiva.

Cuando la reunión culminó y Donis y Leonis se habían marchado, Delis se quedó meditando en su habitáculo; era su pequeño espacio en aquella gigantesca colmena virtual, llamada también *planeta Tierra*; pero no le cabía duda… era una colmena.

Estaba complacido con la reacción de Donis. Había una franca rebeldía en sus expresiones, pero acompañada de cautela; era una actitud que evitaba los errores.

Errores que podrían costarle, no sólo a Donis, un único encuentro con una sonda cerebral.

CAPÍTULO XVIII

Yolis estaba exaltado; mostraba un arco iris de emociones casi desconocidas para Gabilis, quien ya se mostraba preocupado.

—Cálmate, Yolis. Precisas estar tranquilo. Ya sé que es algo extraordinario lo alcanzado, pero no puedes continuar en ese estado.

—¡Déjame estar feliz! ¿Sabes lo que es estar feliz? Lo hemos leído muchas veces y nunca imaginé experimentar lo que estoy sintiendo. ¡Hemos logrado el permiso para acceder a las cavernas de Colorado! ¿No lo comprendes? Es algo sin precedentes. ¡Y para cuatro personas! No podemos menos que invitar a Patris y a Claris.

—Un momento; pensemos esto mejor. Tal vez debemos guardar dos entradas para un segundo viaje.

—¡Pero son todas para una misma fecha! Sería absurdo dejarlas perder.

—Todavía no los conocemos bien, Yolis.

—Lo suficiente para saber que no ocasionarán problemas y sería una gran mezquindad no permitirles ir con nosotros.

—¿Con cuál cargo? ¿Qué decimos de ellos?

—Que son aprendices trabajando para el museo, aún en entrenamiento… o algo parecido.

—No sería lógico entonces invitarles.

—Digamos que son estudiosos independientes y nuestros asociados. No es ilegal ni resultaría demasiado extraño.

—Mmm... tal vez.

Gabilis empezaba a suavizarse. Yolis no iba a dejar de invitarlos. Estaba decidido.

—Vamos, Gabilis. No hay ninguna razón para no hacerlo; además, han visto muchas cosas en nuestro museo y hemos desarrollado una camaradería que no da cabida a esa omisión.

—Tienes razón... Cuando vengan hoy les daremos la sorpresa. Hazlo tú.

Cuando Patris y Claris llegaron, Yolis no podía esconder su excitación.

—¿Qué sucede, Yolis? —Patris, quien había desarrollado una mayor relación con éste, miró con preocupación a Claris.

—Nada malo, todo lo contrario. Les tenemos una sorpresa.

—¿Y Gabilis?

—Está por desocuparse; pronto vendrá a acompañarnos... esperémoslo.

—¿No nos puedes adelantar de qué se trata?

—No, no... ¡Ahí llega Gabilis!

—Hola señores, ¿ya les anunció Yolis?

—No, nos tiene en vilo.

Gabilis fustigó a Yolis con la mirada...

—Bien —dijo Yolis—, ¡vamos a Colorado!

—¿A las cavernas?

—¡Por supuesto! Desde hace unas semanas hicimos la solicitud. Como no sabíamos cuáles serían las condiciones efectuamos la petición para un grupo, indicando que serían dos funcionarios del museo más algunos colaboradores quienes estaban haciendo estudios de la historia cercana al establecimiento de la colectividad. Nos sorprendieron con invitaciones para cuatro personas. Es para dentro de tres días; incluye el transporte y allá nos brindarán alojamiento ¡por casi una semana completa! ¡Imagínense!

—Es extraordinario. Pero ¿no resultó demasiado fácil? —preguntó Claris.

—Presumo —respondió Gabilis— que los administradores, como nosotros, están deseosos de recibir visitas. Siendo nosotros responsables de un museo, es natural nuestro interés. Debo confesarles que si no hubiera sido por ustedes tal vez no nos hubiéramos atrevido a tomar la decisión de intentarlo.

Demasiado fácil, siguió pensando Claris. Una mirada de Patris pareció indicar una coincidencia de opiniones. Ahora no podrían echar marcha atrás; era cosa de ver hacia dónde los conducían los eventos.

Claris y Patris manifestaron su agradecimiento y entusiasmo por la visita. Supieron ocultar su aprensión por la facilidad con la cual la misma fue concedida. No podían dejar de pensar que podría tratarse de un señuelo.

—Hemos recibido vía Cunctus —dijo Yolis—, una explicación general de lo que nos aguarda, la cual ya les remití. Sólo he tenido oportunidad de revisarla someramente y allá parece haber muchos objetos y artefactos de diferentes épocas, los cuales tendremos oportunidad de ver y examinar.

—En ese caso —sugirió Gabilis— debemos dar prioridad a la experiencia de examinar físicamente todos los objetos y artefactos antiguos que podamos, y transferir la información adjunta para un estudio posterior. No sé si tendrán una computadora análoga a la nuestra, la cual es autónoma y no está integrada a Cunctus. De cualquier manera llevaremos suficientes nanomemorias para almacenar una enorme cantidad de información. Confío que exista compatibilidad entre estos dispositivos antiguos.

El nombre formal era Museo de las Cavernas de Colorado. Ya habían informado a los administradores de los nombres de todos los visitantes. Probablemente habría una estación de seguridad en la entrada donde tendrían que identificarse.

—No deben tener problema con eso ¿verdad? —preguntó Gabilis, suspicaz.

Claris fue contundente.

Acordaron decir que Yolis y Claris eran investigadores independientes, quienes estaban realizando, en conjunto con el museo, un estudio de diversas épocas de la historia. Indicarían también que en ese momento se concentraban en el primer milenio, desde el inicio de la colectividad hasta la crisis acaecida hacia finales de ese período.

—Dediquémonos hoy —sugirió Claris— a analizar lo que nos han enviado de Colorado, para ir preparando los asuntos de mayor interés para nosotros, ¿les parece?

El Museo de las Cavernas de Colorado había nacido de la reutilización de unas enormes grutas bajo las montañas, que en una época ya olvidada se habían acondicionado con el objeto de sobrevivir holocaustos a escala planetaria. Originalmente se incluyeron víveres de todo tipo así como métodos de cultivo hidropónico para soportar una población de cinco mil personas casi indefinidamente. Se habían incluido múltiples objetos y artefactos de la época, con la intención de evitar que se perdiera la civilización. Como felizmente nunca se requirió su utilización, dichas instalaciones cayeron en el olvido, siendo reencontradas en el segundo milenio EC. Se aprovecharon los objetos y artefactos hallados y se agregaron muchos otros, procedentes de todos los museos del mundo, correspondientes a muestras de los casi diecisiete siglos en los cuales dichas cuevas permanecieron ignoradas por la humanidad. Desde entonces se había continuado la recolección de objetos y artefactos, así como información, de épocas posteriores.

En el documento descriptivo recibido por los futuros visitantes no se indicaba si se trataba de información guardada a través de Cunctus o bien información almacenada en computadoras propias del complejo. Era lógico suponer que fueran computadoras aisladas, pues aquel lugar, tal como fue concebido, debía ser autónomo.

Al terminar, se regocijaron nuevamente por semejante oportunidad.

Antes que Claris y Patris tomaran caminos separados hacia sus viviendas, se detuvieron a conversar. Era importante acordar si debían informar, y a quién, sobre lo que iba a ocurrir. Estaban todavía a dos semanas de la próxima reunión del grupo y parecía imperativo que alguno de los miembros conociera de este viaje. No sabían qué podría ocurrir y sería injusto dejarlos con esa incertidumbre. Sin embargo, sólo debían comunicarlo a una sola persona. Al final, Patris quedó encargado de informarle personalmente a Donis, con la solicitud de mantenerlo en reserva, salvo que sucediera algo inesperado.

Y así lo hizo.

La suerte estaba echada…

Grupo de estudios de la prehistoria (clandestino)
Delis
Claris
Donis
Martis
Moris
Patris
Rulis

Consejo Supremo
Plinis
Arcturis
Alesis
Aramis
Simanis
Yaris

Grupo de estudios históricos
Franis

Museo de las Cavernas (Colorado)
Trevis
Avartis

Grupo de estudios genéticos
Ramis
Emelis
Aurelis
Eolis
Gloris

Museo de Historia (Frisco)
Gabilis
Yolis

Grupo de análisis histórico
Leonis

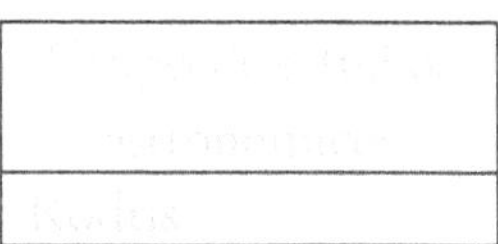

CAPÍTULO XIX

Los siguientes tres días parecieron interminables. Estaban sumamente ansiosos. Tenían que hacer un esfuerzo por tranquilizarse; de lo contrario podrían parecer sospechosos a los encargados de las cavernas, así como a quien los transportara. Habían acordado coincidir en el museo en la mañana del día del viaje.

Temprano se encontraban ya reunidos y listos para trasladarse al centro de transporte aéreo de la isla e iniciar la realización de aquel sueño considerado imposible hasta hacía sólo unas pocas pero extraordinarias semanas. Habían solicitado con antelación un vehículo terrestre para cuatro personas. Llegaron, a la hora precisa, dos transportes, pues cuatro personas más el equipaje resultaban demasiados pasajeros para una sola de las pequeñas unidades disponibles.

La travesía fue sin contratiempos. La temperatura exterior estaba algo fría, pero todavía en el límite de lo agradable; ellos, por supuesto, gozaban de un clima artificial controlado. En un corto viaje como ese, a través de la isla, apenas se hubiera percibido la existencia de viviendas si éstas hubieran sido de color verde, y no blanco; serían casi indistinguibles de la vegetación circundante. Finalmente llegaron al centro de transporte aéreo; eran instalaciones casi en desuso. Como se trataba de un viaje largo y a un lugar lejos de cualquier centro poblado, consistía en la forma más eficiente de trasladarse a su destino final.

El viento soplaba enfriando el ambiente, como presagiando problemas. No había árboles o vegetación que debilitaran las ráfagas que ululaban, recordándoles que estaban fuera de sus protegidas viviendas… fuera del amparo de Cunctus. La piel se les puso de gallina. Acostumbrados a los interiores, no estaban adecuadamente abrigados para la intemperie.

Fueron recibidos por el administrador del lugar, quien se mostraba demasiado interesado en ser atento.

—Debemos ser los únicos usuarios este mes —comentó Yolis, en voz baja.

Ojalá sea eso, pensó Claris. Demasiada atención podría resultar sospechosa. Casi sin palabras, sin embargo, fueron conducidos a una pequeña nave, la cual no tenía medio de propulsión aparente. ¿Sería de inversión gravítica? Pensó Claris. A los demás no pareció interesarles.

Casi no había aeromóviles en aquel centro. Una vez abordaron, el vehículo, automático y sin piloto humano, tomó altura en forma vertical casi sin ruido y con una mínima sensación de aceleración. La panorámica era extraordinaria. Estaban experimentando algo que sólo habían apreciado a través de Cunctus, aunque dichas vivencias se sentían con tanto realismo que se podría decir que prácticamente lo habían vivido ya, por lo cual se encontraban tranquilos. La diferencia, la cual se constituía importante, era la certidumbre de que en esta ocasión se trataba de un viaje aéreo auténtico y no de otra fantasía virtual más, creada por Cunctus; estaban sobrevolando ya la costa y pronto se encontrarían sobre los desiertos, más allá de la cadena de montañas que, casi paralela a la costa, forjaba su clima.

La brillante nave se desplazaba muy rápido, aunque no podían conocer la velocidad. Casi no hablaban, pues estaban hechizados observando desde gran altura el espléndido paisaje. Fueron viendo como el color de la superficie se transmutaba de verde a blanco, en las cumbres nevadas de la sierra, hasta alcanzar un marrón cada vez más rojizo, en las áreas desérticas y semidesérticas al otro lado de las montañas. Entonces empezaron a aparecer los cañones. Ríos que en el transcurrir de eones se habían hundido en la tierra, dejando marcas semejantes a huellas de animales descomunales sobre una superficie plana y suave. No había manera de describirlos, eran sencillamente fascinantes. Allí se podía apreciar la rúbrica inmisericorde del tiempo, aquella dimensión que la sociedad actual pretendía ignorar. Ellos estaban allí para corregir ese entuerto.

Después de un apreciable cambio de dirección percibieron una disminución de velocidad que precedió al descenso, casi en forma vertical, iniciando una nueva etapa de ansiedad, la cual ya había cedido a la belleza del espectáculo durante el vuelo. Llegaban… llegaban al tan ansiado destino. ¿Sería una desilusión la que los aguardaba, o una sorpresa? No quedaba más que esperar.

Cuando la pequeña nave finalmente aterrizó, estaban en medio de la nada: un pequeño centro de transporte aéreo cercano a unas montañas. Desde el aire seguramente ni siquiera lo hubieran podido distinguir. Al fin y al cabo, estas cavernas habían sido concebidas para que pasaran desapercibidas, lo cual se había logrado estupendamente. Había una persona esperándolos en un vehículo de superficie con espacio para seis pasajeros. Era un vehículo que requería conductor, lo cual al principio les pareció extraño. Luego pensaron que resultaba evidente la necesidad de un conductor humano en aquel lugar casi carente de civilización. Más tarde descubrirían que era opcional.

—¡Bienvenidos al Museo de las Cavernas de Colorado! Mi nombre es Avartis y soy el encargado de atenderles durante su permanencia aquí. En el museo hay habitaciones donde permanecerán durante su estadía. Recuerden que hay disponibilidad para mantener hasta cinco mil personas aisladas de la superficie; espero que hayan tenido oportunidad de repasar el material que les envié.

—Por supuesto —dijo Gabilis, animado—. Soy el administrador del Museo de Historia de la Isla de Frisco. Me acompañan, como indiqué en nuestras comunicaciones, Yolis, mi asistente, y Claris y Patris, investigadores independientes quienes colaboran con el museo en esta investigación. Les agradezco infinitamente la invitación; es única y de especial significado para nosotros.

—Deben agradecerle a Trevis, el administrador, quien aprobó y coordinó los pormenores de la visita. Sin embargo, a mí me complace enormemente ser su anfitrión. Les debo confesar que no es mucha gente la interesada en nuestras actividades.

Pasadas las formalidades, hicieron un viaje por abruptos senderos hasta llegar al punto de entrada. Allí pudieron observar que se abrió una puerta, la cual a su vez era parte de otra puerta mayor y camuflada; seguramente era utilizada solamente para introducir al interior del museo objetos de gran tamaño. No se veían huellas de actividad reciente. Rogaron, sin embargo, que abundaran los objetos antiguos.

En la puerta enfrentaron al esperado control de seguridad, donde debieron colocar sus manos para la identificación. No hubo alerta alguna y todos procedieron en un pequeño vehículo interno el cual anticipaba que el museo sería inmenso.

Se dirigieron primero al área de los dormitorios. Para ello descendieron en un elevador más niveles de los que pudieron contar. ¡Era todo un pueblo! Aunque encontraron los dormitorios individualmente pequeños, el área total para cinco mil de ellos tenía que ser grande. El techo de la caverna era muy alto y en algunos lugares no se distinguía con claridad si era artificial o natural. Había una iluminación agradable a todo lo largo y ancho, al menos del área recorrida. Se oía el arrullo del sistema de ventilación, y la temperatura así como la humedad eran ideales. El olor, sin embargo, era extraño; estaban seguros que no lo olvidarían jamás.

Después de dejar el equipaje en las habitaciones y de refrescarse un poco, caminaron hacia un salón de conferencias que se encontraba en el mismo edificio. Allí los aguardaba Trevis.

Volvieron a repetir las fórmulas de bienvenida y de presentación que habían utilizado con Avartis. Sin embargo, el intercambio no concluyó allí.

—Díganme, ¿cuál fue la razón principal para solicitar esta visita? —inquirió Trevis.

—Estamos realizando una investigación sobre el primer milenio —explicó Gabilis, quien era el único de los visitantes que había proferido palabra alguna—, con énfasis en los primeros siglos de la colectividad y la crisis solucionada hacia el final de dicho período. Además del apoyo de mi asistente en ésta, mi iniciativa, reclutamos el apoyo de dos colegas, investigadores independientes a quienes conocimos durante sus visitas al museo. Y aquí estamos.

—Pero en vuestro museo también hay objetos y artefactos antiguos, ¿no es así?

—Por supuesto, pero en su mayor parte son nanomemorias con información de la época y todavía nos hace falta mucho por investigar, debo admitir. Sin embargo, cuando solicité esta visita pensaba que su aprobación iba a demorar mucho más tiempo. Nunca pensé…

—¿Que íbamos a aceptar tan rápido? —interrumpió Trevis.

—Para ser sincero, sí.

—Como tal vez les sucede a ustedes, sentimos que son muy pocas las visitas que se realizan a nuestros museos. Es por eso que nos alegra cada vez que recibimos una solicitud. Este lugar, sin embargo, no está abierto al público en general, lo cual hace muy esporádica la presencia de investigadores externos; por lo tanto en cuanto ustedes, miembros de otro museo, efectuaron esta solicitud, nos apuramos a proceder.

Gabilis asintió. Comprendía perfectamente el sentimiento… y lo compartía. Miraba con interés los alrededores. Las edificaciones estaban hechas del consabido material blanco, mas había áreas abiertas para contrarrestar el encierro de aquellas enormes cavernas. Se imaginaba la época de la construcción, en prevención de desastres inimaginables.

—Yo me uniré a ustedes al finalizar cada día para absolver cualquier duda o solicitud adicional. Avartis será su anfitrión y está en capacidad de explicarles todos los pormenores sobre lo que hemos planeado ofrecerles, según entendemos sus intereses. Sin embargo, como estoy seguro que encontrarán nuevos senderos a raíz de sus hallazgos, utilizaremos ese tiempo para tratar de responder a sus inquietudes.

Al terminar, Avartis ofreció una orientación inicial, pues el primer día iba a ser relativamente corto. Era casi mediodía y decidieron optar por un almuerzo ligero, mientras recibían la explicación, con el objetivo de aprovechar al máximo el valioso y escaso tiempo.

Entre bocados, Avartis explicaba la extensión del museo. Era impresionante. Constaba de áreas para cada época.

—¿Conocen la historia del museo? —preguntó.

Gabilis, quien continuaba siendo el interlocutor de los visitantes, asintió, por lo cual Avartis, algo escéptico, les pidió que le refirieran cuánto sabían; eso le permitiría escoger su punto de partida. Sabía que no conocerían muchos detalles de aquella maravillosa historia.

Luego de escucharlos, Avartis tomó la palabra:

—Bien. En general es correcto y bastante completo. Debo añadir que durante La Escisión, así como los grupos que abogaban por la individualidad se marcharon a las colonias en los planetas y satélites del sistema solar, también un grupo de aproximadamente cuatro mil personas decidió aislarse en estas cavernas y mantenerse en secreto. La existencia de éstas no era conocida salvo por algunos grupos de estudio del Gran Consejo de Ancianos, nuevo para ese entonces. Fue parte de ese grupo quien lideró esta gesta y eliminó todas las referencias a las cavernas…

—¡O sea que La Escisión llegó hasta el consejo! —exclamó Patris, interrumpiendo a un animado Avartis.

—Es algo conocido entre los historiadores, al menos los eruditos de los museos.

La imprudencia de Patris había vuelto a hacerse presente y Claris hubiera querido fulminarlo con la mirada. Podría terminar costándoles la vida antes de tiempo. ¡Necio! ¿Por qué no podía callarse? Gabilis volvió a salvar la situación.

—Recuerda que él es un investigador independiente y no está al tanto de algunos hechos. Pero es de nuestra confianza, se los aseguro. Es más, estamos esperando una aprobación para expandir el personal del museo y ellos serán nuestros recomendados —mintió Gabilis.

—Ojalá tengan suerte. A nosotros cada vez que se retira un funcionario, por edad o cualquier otra razón, no nos permiten reemplazarlo. ¡No sé a dónde vamos a llegar con esa política!

La crisis había sido superada, pero ¿hasta cuándo? Pensó Claris. La juventud de Patris, y de Yolis también, tarde o temprano los metería en líos, estaba seguro.

—Aquí vivieron aislados durante varias generaciones y establecieron su propia organización social. Aunque ésta se fundamentó en los derechos del individuo, las condiciones imponían un estricto control de la natalidad, lo cual trabajaba en contra de dichas potestades. En fin, las difíciles condiciones dieron al traste con la iniciativa y los descendientes del grupo original finalmente negociaron con el consejo su salida hacia las colonias espaciales. En ese momento se tomó nota de la existencia de las cavernas; sin embargo, pasaron más de cinco siglos antes de la creación del museo.

Pero si la natalidad era un tema colectivo, pensó Patris sin atreverse a preguntar. Había algo que no cuadraba…

Una vez finalizado el almuerzo, Avartis propuso dirigirse hacia el área donde se guardaban los objetos y artefactos del tiempo de La Escisión, cuando aquel grupo se refugió en las cavernas y destruyó casi todas las referencias sobre su existencia; la sugerencia fue aceptada por todos con la mejor disposición.

Tomaron el vehículo interno de transporte y entraron en un espacioso elevador adecuado para el mismo. De nuevo, perdieron la cuenta de los niveles que habían descendido… ¿o ascendido? Como bajaron muchos niveles en la llegada, ahora habían perdido toda referencia.

Al salir, entraron en una enorme sala; ésta contenía, ahora sí, objetos y artefactos arcaicos. Para su sorpresa, a pesar de su antigüedad éstos resultaban muy parecidos a los artefactos modernos. ¡Cuán poco habían cambiado las cosas en tantos siglos! Para muchos podría ser un símbolo de estabilidad. Para Claris era prueba irrefutable del estancamiento social que le atormentaba.

Sin embargo, había muchas cosas interesantes, y algunas totalmente desconocidas. Asistentes electrónicos personales, instrumentos para escribir, transportes internos antiguos. ¡Pinturas! Nunca habían visto físicamente una pintura; siempre fue a través de Cunctus. En la actualidad incluso los cuadros y murales en las casas eran electrónicos y podían ser cambiados a discreción. ¡Qué hermosas eran las pinturas antiguas!

Algunos de estos cuadros eran de personas. Allí se evidenciaban las razas. Había una persona con el vientre hinchado. ¿Qué sería? Patris miró a Yolis como diciéndole: "ahora te toca a ti".

Yolis miró a Avartis… y preguntó.

—En esa época —respondió Avartis—, los úteros que hay dentro de nosotros, hoy atrofiados, eran aún utilizados para la formación de los niños por aquellos individuos que resistían los cambios hacia la colectividad. Se introducía una semilla en germinación, de la cual crecía el niño como hoy sucede en las granjas, hasta culminar finalmente con el alumbramiento. Se extraía mediante una operación quirúrgica, entonces de rutina. Usualmente se extraía el útero completo, por lo cual la persona ya no podía sostener el crecimiento de más niños. Recuerden que se quería disminuir paulatinamente la población. Era la costumbre antes del establecimiento de las granjas y los rebeldes intentaron mantenerla. De hecho, lo lograron, aunque sólo temporalmente.

—¿Por qué eso no es del conocimiento general?

—Buena pregunta. Nosotros siempre hemos apoyado la idea de divulgar la historia sin omisiones. Sin embargo, imaginamos que como resultado de La Escisión se ha considerado la necesidad o conveniencia, no sé, de mantener muchos aspectos fuera del conocimiento colectivo. Después de seis milenios ya parece hora de que los hechos se conozcan como realmente ocurrieron. Será cuestión de tiempo, estoy seguro.

Yolis pensaba diferente.

Y, por supuesto, Claris y Patris también.

Donis era el único conocedor de que Claris y Patris estaban en tan maravillosa aventura. Como estaba obligado, aplicó su dosis de paranoia al hecho de que el viaje se hubiera coordinado y ejecutado tan rápidamente. ¿Por qué? ¿Estaría el consejo de ancianos tras la pista, dejándolos proseguir lo más rápido posible para entender hasta dónde habían llegado, o querían llegar, pero listos a detenerlos antes que sus acciones tuvieran trascendencia alguna?

Decidió convocar a Leonis para informarle lo que estaba ocurriendo. No quería ser el único con esta importante información. Le pediría a Leonis que se encargara de informar oportunamente a Delis. No se ameritaba el riesgo de una reunión tripartita para esto. Por otra parte, sin importar las consecuencias, envidiaba a Claris y a Patris. Debían estar en un paraíso, pensó.

Ojalá que así fuera.

CAPÍTULO XX

Plinis, Arcturis y Aramis, miembros del omnipotente Consejo Supremo y responsables de sendos comités de seguridad, sostenían una reunión privada, cara a cara, en una habitación de la vivienda de Aramis.

Todo allí olía a problemas. La habitación era relativamente pequeña y estaba casi despojada de todo mobiliario. Se habían desconectado los murales electrónicos, como para transmitir un mensaje de privacidad, de secretismo.

Aramis había convocado la junta. Había tensión en el ambiente, especialmente después de las reuniones recientes. No era usual que se dieran reuniones de sólo algunos miembros del consejo; parecía una conspiración.

—Los he emplazado a esta reunión privada para señalarles mi convicción de que las cosas están llegando a un punto crítico. Tengo bajo mi comando a un dispositivo de seguridad listo para actuar, el cual, como ustedes saben, terminará con la aplicación de sondas cerebrales a varios individuos de la colectividad —dijo sin rodeos—. No he querido plantear esto al Consejo Supremo en pleno porque primero quiero tener la seguridad de vuestro apoyo, el cual será clave para lograr la aprobación de las acciones que pretendo llevar a cabo.

—Según parece, están convergiendo rápidamente las condiciones para La Conjunción —dijo Arcturis—, pero antes de tomar acciones tan serias como éstas tendremos que estar de acuerdo, *muy* de acuerdo. Nosotros estamos tan preocupados como tú por lo que vemos avecinarse; lo sabes muy bien, pero tenemos que estar completamente seguros. En estas intervenciones no es posible equivocarse; se trata de la vida de seres humanos, algunos de los cuales pueden estar ocupando posiciones de importancia en diferentes estamentos de la sociedad.

La conversación había trascendido a un nuevo nivel energético. Plinis observaba cuidadosamente el lenguaje corporal, así como los detalles de la habitación donde se encontraban. Ésta no tenía el nivel de pulcritud usual en la época. Incluso parecía un taller adaptado de apuro para la reunión. ¿Qué otras actividades se habrían llevado a cabo en ese lugar? Plinis temió una reacción violenta si se negaban a participar. Poco podría hacer en ese momento.

—Bien, déjenme plantearles la situación como yo la aprecio —dijo Aramis—. Tengo información de que hay un grupo perteneciente al Museo de Historia de la Isla de Frisco visitando el Museo de las Cavernas de Colorado. Dos de ellos son miembros legítimos del museo, pero los otros dos son investigadores independientes quienes están cooperando con una investigación sobre el primer milenio. Sabemos sus identidades y no parece haber nada extraño; sin embargo, no pertenecen a ningún grupo de estudio y la investigación gira en torno al escrutinio de los primeros siglos, desde el establecimiento de la colectividad hasta la crisis del primer milenio. ¿Casualidad? No lo sé, pero ya están bajo vigilancia. Por otro lado, hay un asunto de mucha mayor trascendencia: existe un grupo realizando pruebas de laboratorio sobre cambios genéticos importantes, los cuales nos van a llevar hacia una mayor unión con la colectividad, pero conjuntamente podrían llevarnos a la búsqueda de la inmortalidad y al estancamiento. ¡Cambios genéticos! ¿Se dan cuenta? Cualquier cambio genético que se proponga inducirá a la colectividad a indagar sobre los cambios genéticos del pasado; es natural, querrán saber ¿cuáles fueron los últimos cambios efectuados? ¿Cómo se manejó la situación? ¿Cuáles fueron las consecuencias? No sé si está claro para ustedes lo que se aproxima… ¿qué va a suceder cuando exista la pregunta colectiva explícita sobre la naturaleza de los cambios efectuados entonces?

Todo aquello lo conocían Arcturis y Plinis; este último no había abierto la boca.

—No veo cuál es el nuevo elemento, aparte de la investigación en el museo —dijo Arcturis.

—¡La Conjunción! ¿Es que no lo ven? ¿No piensan hacer nada?

—Tendría que haber más elementos. Incluso la investigación que mencionas la veo natural, hasta inocua.

—¡Por favor! No estoy hablando de un elemento aislado, ¡estoy hablando de La Conjunción! Hay una serie de eventos que se están aproximando y que coincidirán en el tiempo; cuando tengamos el problema encima ¡será muy tarde!

La vehemencia de Aramis llamaba a la prudencia. Parecía decidido… y atemorizado. El miedo es siempre mala compañía, pensó Arcturis, e impulsa a los actos más descabellados.

—Aramis, nos tienes preocupados. Plinis y yo vemos lo que planteas, pero no nos parece requerir el tipo de acciones que estás sugiriendo, incluso iniciando. Fue justamente Plinis quien recientemente alertó al consejo sobre la Conjunción… Sin embargo, ante las acciones que planteas y tal como afirmas, coincidimos en la necesidad absoluta de estar completamente de acuerdo pues, de otra manera, veo pocas oportunidades de que tu plan sea aceptado por el Consejo Supremo.

—Por eso me tienen que apoyar. Permítanme continuar —parecía una súplica a punto de tornarse en amenaza—. Lo que vemos en el museo es la punta del iceberg; seguramente se trata de algún movimiento con la firme determinación de revelar a la colectividad las circunstancias que dieron lugar a La Escisión, y allí vamos a tropezar con problemas serios. Además, sabemos que el mayor punto de divergencia en esa crisis fue el cambio genético de aquel entonces; si combinamos eso con el nuevo cambio genético próximo a proponerse, ¿qué más quieren? Lo encuentro evidente.

Plinis seguía sin intervenir. Desde su anterior participación en el Consejo Supremo estaba inseguro de plantear su posición; tal vez lo consideraba inútil. No se sentía comprendido por el resto del consejo, el cual sentía controlado por el estancamiento, por aquellos conservadores quienes temían a los cambios. Había encontrado un inesperado aliado en Arcturis y le estaba dejando la difícil tarea de tratar de convencer a Aramis. ¿Con cuántos más estaría Aramis haciendo reuniones privadas de *convencimiento*? ¿Cuál sería su fin último? ¿El poder absoluto?

—Pero Aramis, lo que propones sólo aseguraría mantener las cosas tal como están. Eso es exactamente lo que arguyen muchos, que no podemos seguir en este estancamiento.

—Son seis milenios de estabilidad, ¿cuándo la humanidad había logrado eso? —preguntó Aramis con impaciencia.

—Sí. Es cierto. Pero no podemos seguir en un estado que casi no admite cambios.

Aramis iba desesperándose. En el propio Consejo Supremo parecía haber importantes grietas. ¿Sería La Conjunción mostrando sus primeros efectos? ¡Había que detenerla! Y de cualquier forma... el método era un asunto secundario.

La reunión terminó sin conclusiones ni compromisos. El único acuerdo tácito era mantener la vigilancia y permanecer alerta.

Al retirarse, Plinis y Arcturis continuaron el diálogo, camino a casa.

—¿Por qué no hablaste casi, Plinis?

—¿Para qué? Desde nuestra última reunión en el consejo estoy percibiendo la próxima separación del mismo en dos bandos. Por un momento temí que Aramis pudiera atraerte a su facción. Es la que resistirá los cambios. Ciertamente, como él insiste, la historia ha sido de seis milenios de estabilidad, pero si uno estudia el primer milenio, incluso si estudia la prehistoria —Arcturis levantó una ceja— se dará cuenta que si las fuerzas renuentes ganan la lucha en un momento en el tiempo, eso sólo conlleva a un futuro más doloroso para todos. Es mucho mejor que los cambios, inevitables al fin y al cabo, se den poco a poco y con el mínimo de sufrimiento. Mejor aún, la propia sociedad debe incorporar los mecanismos para su cambio gradual; de lo contrario, los cambios se darán más espaciados en el tiempo, pero con discontinuidades traumáticas y muchas veces dañinas, incluso con retrocesos históricos que no logran otra cosa que asegurar una transformación ulterior aún más violenta y dolorosa para la sociedad. El mecanismo de cambio gradual es la real y sana estabilidad, nunca el estancamiento actual de nuestra colectividad.

—Es una vieja ley, aunque parece imposible de aprender por los seres humanos.

—Así es... y me desanima, Arcturis. Me desanima enormemente.

No les quedaba otra cosa que promover aquellas ideas en el Consejo Supremo y tratar de hacerlo sin hacerse acreedores a una sonda cerebral.

—Sería inconcebible; nunca se ha aplicado la sonda a un miembro del Consejo Supremo —dijo Arcturis.

—Siempre hay espacio para una primera vez. Ya escuchaste a Aramis; tiene control sobre al menos parte del aparato de seguridad y fácilmente lo podría dirigir contra nosotros.

—Conversemos con los miembros del consejo a quienes consideramos más cercanos a nuestra posición. Es una suerte que Aramis haya revelado su postura en esta reunión. Seguramente se está reuniendo con los demás, o pronto lo hará, y no hay tiempo que perder. Sin embargo, debemos tener una perspectiva clara; ¿cuál es tu planteamiento?

—De apertura, Arcturis... de apertura. En mi concepto tenemos que revelar la existencia del Consejo Supremo al Gran Consejo de Ancianos y a la colectividad, poner a disposición de toda la sociedad la historia y la prehistoria, incluyendo la información completa sobre todos los cambios genéticos y de toda índole, así como los que se están estudiando.

—¿No será demasiado?

—¿Demasiado? ¿Para quién? Puede ser demasiado para el Consejo Supremo, pero no para la colectividad. Creo que sustentados en el miedo a la capacidad de la colectividad a tomar decisiones importantes se han cometido muchos errores e injusticias.

Plinis y Arcturis seguían por un sendero común, en ruta hacia sus viviendas. Al final, llegaría la disyuntiva. Parecía una parodia de la otra realidad.

Mientras caminaban, los únicos sonidos provenían de las aves y el ruido de las hojas de los árboles remecidos por la brisa que arreciaba, cortante. Aún en los climas controlados, el viento mantenía su impetuosidad y, sobre todo, su naturaleza impredecible. Plinis a veces pensaba que realmente habían construido un mundo maravilloso, aunque en su mente existieran todos aquellos cuestionamientos; había sido tan difícil tomar una posición, pero la decisión sobre cuál camino tomar se había tornado ineludible. ¿Por qué no podrían seguir las cosas como estaban? Y se acordó de la Conjunción. Otra crisis. Puntos de inflexión en la historia de la civilización. Para algunos resultaría maravilloso vivirlos, para otros la tranquilidad y la continuidad eran lo más preciado.

—Veo que tienes una posición muy fuerte, Plinis; no sé cuánto espacio hay en la misma para un acomodo.

—La verdad es que muy poco. He llegado a la conclusión que, dado el estancamiento de seis milenios, no hay forma de seguir adelante y evitar La Conjunción. Lo que tenemos que decidir es cómo la enfrentamos causando el mínimo dolor, por así decirlo; si nos guiamos por la posición del grupo que estimo lidera Aramis, iremos por la ruta del máximo padecimiento y del máximo trauma. Por el contrario, si vamos por el camino que propongo no podremos evitar el sufrimiento del cambio abrupto, pero lo minimizaremos convirtiendo nuestra sociedad en una más estable, dándole la capacidad de asimilar los cambios futuros paulatinamente.

Era un buen discurso, y Arcturis estaba de acuerdo… no sólo por su elocuencia, sino porque, en su mundo íntimo, estaba listo para tomar aquella posición. Era consciente del peligro; no se llamaba a engaño. Aquella disyuntiva histórica los llevaría, como a tantos hombres en el lejano pasado, a apostar por aquello que consideraban más justo y que tendrían que convertir en lo más probable. Si perdían, lo pagarían muy caro, pero no quedaba otro camino; la otra opción era impensable…

»Hagamos lo que tenemos que hacer —continuó Plinis, interrumpiendo sus pensamientos—, espero que no sea demasiado tarde. Es necesario contener al aparato de seguridad. Debemos hacerlo o nuestra propia vida peligrará. Si nos aplican la sonda a nosotros, aunque sea la primera vez que esto se haga sobre un miembro del Consejo Supremo, nos habrán hecho un daño irreparable como individuos, pero será aún mayor el perpetrado a la colectividad; y eso no podemos permitirlo.

—Es cierto, mas no será fácil.

—En nuestra posición lo más fácil es seguir la corriente, pero en este caso no sería suficiente. Tarde o temprano llegaríamos a las cataratas… y caeríamos en ellas. Es más, creo que sería más temprano que tarde.

CAPÍTULO XXI

En el tercer día de investigaciones en el furtivo Museo de las Cavernas de Colorado, Yolis se encontraba impresionado por el escabroso tema de la formación del bebé dentro del útero. Insistió en profundizar la averiguación y estudiar los objetos y artefactos de aquella época olvidada. Desde temprano se habían dirigido a un área representativa de aquel período: los primeros siglos de la colectividad. Allí encontraron cosas fascinantes...

—Aquí vemos —indicaba Avartis— los instrumentos de un cuarto quirúrgico que se utilizaba precisamente para extraer los bebés del útero e iniciarlos en el mundo. Adicionalmente a una muestra de instrumentos y equipo de un cuarto de cirugía, en el visor tridimensional podremos apreciar un cuarto completo y observar las partes importantes de la intervención. Si son capaces de resistirla, creo que es la oportunidad de presenciarla.

Todos asintieron. El visor tridimensional al que se referían tenía un área de visión de aproximadamente dos metros y medio de ancho por dos metros de alto y proyectaba la ilusión de la tercera dimensión tanto visual como auditiva.

Al iniciarse el vídeo de la intervención se veía a una persona dirigiendo la misma y a otra asistiéndola. El director era de raza mezclada, negra y caucásica, y el asistente era de raza oriental. La persona que estaba en la mesa, cuyo bebé iba a ser extraído, era también de una raza mezclada, aunque de una tonalidad de piel más clara que quien dirigía la acción; estaba despierta, pero en una especie de trance.

Después de algunas explicaciones se inició la operación con la introducción de unos instrumentos que generaron un mínimo de sangrado; era un par de finos tubos, y en un visor presente en el cuarto de operaciones se podía observar todo cuanto ocurría en el interior del sujeto; había varias imágenes, como si se hubieran introducido varias cámaras autónomas por los pequeños tubos que formaban parte del procedimiento original. La persona estaba despierta pero continuaba en trance, sin sentir aparentemente ninguna molestia.

En el vídeo explicaron que se habían introducido diminutas máquinas autónomas, las cuales serían las encargadas de hacer el trabajo quirúrgico dentro de la persona, preparándola para la extracción del bebé, responsabilidad del director.

Los pequeñísimos ingenios hicieron su trabajo casi en forma automática. Al cabo de poco tiempo, los instrumentos habían culminado la primera parte de la operación; efectuaron, de adentro hacia fuera y casi sin sangrado, una incisión horizontal que coincidía perfectamente con un pliegue natural del bajo vientre. El director introdujo entonces las manos, cubiertas de guantes de apariencia plástica aunque casi invisibles, en el abdomen, y extrajo, por la incisión recién efectuada, a la criatura envuelta en una bolsa semitransparente.

La bolsa aún intacta, con el bebé dentro, fue introducida en un líquido especial en el cual quedó completamente sumergida. Indicaron que el líquido contenía los niveles de oxígeno para asegurar que el bebé pudiera dar pasos firmes hacia la vida exterior. Allí procedió un proceso de limpieza que culminó con la extracción del nuevo ser y el inicio de su respiración en un nuevo y extraño mundo de oxígeno y nitrógeno. La criatura comenzó su vida en el nuevo ambiente con un fuerte llanto; las explicaciones indicaban que era un proceso natural para lograr la eliminación total de los residuos del líquido, primero natural y luego artificial, que llenaba previamente sus pulmones.

Por otro lado, el asistente había continuado con la remoción del útero de la persona operada, quien para este momento tenía ya la herida completamente cerrada. Por uno de los tubos salieron finalmente los minúsculos artilugios responsables de realizar casi mágicamente todas aquellas actividades observadas en su interior.

Entonces el paciente, con alguna dificultad, se incorporó con ayuda del asistente y se sentó en una silla de transporte que le llevó a un cuarto de recuperación, según indicaba la reseña. En la narración final se hizo referencia a este proceso como algo moderno, resultado de muchos años de investigaciones y pruebas, eliminando los vestigios de antiguos procesos ya superados.

Al finalizar el vídeo, los espantados visitantes estaban al borde del colapso. Nunca habían presenciado nada parecido y pensaron que, en cuanto al recién nacido, tal vez algo similar ocurría en el presente durante el último paso del proceso que se llevaba a cabo en las granjas de cultivo de bebés, luego del cual pasaban a las granjas de crecimiento. Cuánto no conocían a pesar de que se consideraban personas con muchos estudios e intereses intelectuales.

La primera consideración fue que era un proceso primitivo y se regocijaron de no experimentarlo en la actualidad. Pensaron con repugnancia en todo lo presenciado, especialmente debido al hecho de que no era costumbre considerar al ser humano en su interior. En el séptimo milenio, cuando alguna persona excepcionalmente requería una intervención, la misma era efectuada por máquinas aún más diminutas y sofisticadas que aquellas recién observadas, pero eso parecía pertenecer a un mundo del cual no era menester informarse y menos imaginarse.

Al considerar si el bebé estaría completamente inerte antes del parto, se llenaron de espanto al pensar que éste podría moverse dentro del vientre. Sólo de imaginar la sensación se llenaron de ansiedad. Parecía imposible, comentaron, que alguien pudiera encontrar esa impresión como algo normal, menos aún como algo satisfactorio.

—O como algo maravilloso —dijo Avartis—. En efecto hay escritos que hablan de lo prodigioso de sentir la vida surgiendo en el propio vientre.

—¿Quién escogía la persona que debería tener un bebé? —preguntó Patris, ignorando el espinoso tema.

—He encontrado referencias indicando que todas las personas de buena salud natural podían aplicar para ser implantadas con las semillas. Estos individuos eran mantenidos en un registro; en Cunctus, por supuesto. Cuando eran elegidos se les notificaba, luego de lo cual se debían acercar a una clínica cercana a su vivienda. Allí se realizaba el injerto y luego el seguimiento hasta el nacimiento del nuevo ser. La persona era responsable de cuidar al bebé hasta tener la edad designada para pasar a las escuelas colectivas, luego de lo cual ya no regresaría a su cuidado.

—¿Cómo serían los sentimientos de los involucrados? —preguntó Yolis.

—Extraña pregunta —repuso Avartis, con una mueca indescifrable—. Yo me imagino que era algo parecido a lo que ocurre en la actualidad. Similar a un proceso guía, aunque más extendido. Sin embargo, debo confesar que los escritos hablan de un apego mucho mayor en ambos sentidos. Incluso ocurrían situaciones, extremas a veces, en las cuales uno o ambos se resistían a la separación definitiva. Es un problema ya superado en nuestra sociedad.

—En las frases finales —preguntó Patris— hubo referencias a la "eliminación de los vestigios de los procesos antiguos", ¿a qué se refería?

El rostro de Avartis cambió. No parecía atinar una respuesta, probablemente porque no sabía cuánto conocían los visitantes. Éstos se miraron entre sí al registrar dicha expresión de desconcierto.

—No sé exactamente —respondió finalmente Avartis—, ese vídeo corresponde al segundo siglo de la colectividad. Ignoro la referencia, pero habría que ir más atrás en la historia para poder enterarnos. Ya estaríamos hablando de la prehistoria, quizá.

—No necesariamente —insistió Patris—, podríamos estar hablando del primer siglo de la colectividad.

—Tendré que verificar las referencias y tal vez mañana regresaremos a visitar el tema. Pasemos ahora a ver un panorama de las construcciones de la época. Ya casi no queda nada de ellas…

Todos mostraron entusiasmo y parecieron ignorar lo sucedido, aunque sólo fue en la superficie. Cada uno era consciente que habían rozado el territorio prohibido… y habían pedido más. ¿Cuál sería la reacción de Avartis? ¿Y de Trevis?

Se enfrentaron entonces al maravilloso espectáculo de las más importantes ciudades del planeta. Por supuesto que allí estaba San Francisco, "la ciudad por la bahía". Ésta quedaba en la punta de una península, hoy isla de Frisco. Y, aunque muy diferente, era también estupenda. Verificaron la información demográfica así como la relativa a la construcción y se asombraron; tenía una población casi igual a la que hoy habitaba toda la región noroeste. Ésta, ahora controlada por el nuevo orden social, había disminuido considerablemente durante los primeros milenios de la era. Al imaginarse el bullicio y los innumerables problemas seguramente dimanantes de tal concentración de personas, consideraron que tal vez había sido para mejor. Pero siempre aparecía la comezón... ¿lo sería?

En la estructura sociopolítica de aquella época vetusta reinaba el gobierno regional. Cada región tenía una asamblea cuyos miembros eran elegidos por votación directa, la cual se efectuaba, en fechas definidas, a través del multifacético asistente electrónico personal de cada individuo. Cada año se renovaba un quinto de los miembros, elegidos por cinco años. La postulación era libre y cada candidato tenía derecho a someter un número definido de mensajes a los electores y un plan completo de sus actividades si era elegido, incluyendo su punto de vista en cada uno de los variados temas que los propios electores fijaban. Se votaba en un período específico luego del cual los favorecidos eran anunciados y el registro de su posición sobre los temas era almacenado para referencia futura. Las personas podían proponerse como candidatos cuantas veces quisieran.

No parecía nada inadecuada ni inoperante aquella organización, pensó el sorprendido Claris sin atreverse a comentarlo. Tendría mucho que contar a sus compañeros, a su regreso. Si todo iba bien...

Continuaron indagando. En aquella sociedad, ahora casi desconocida, cada asamblea regional dictaba las normas de la zona, las cuales debían estar en concordancia con los principios mundiales, una especie de constitución global adoptada en un referéndum general y que regía los destinos del planeta. Contaban con comités para cada una de las áreas de interés, y cada comité nombraba a un administrador regional para los servicios y regulaciones, competencia de dicho gobierno. Había un comité independiente de supervisión y otro legal, del cual dependía todo el aparato que protegía el derecho de los individuos, tanto de transgresiones entre ellos mismos como de posibles abusos por parte del gobierno.

Luego de transcurrida la cena y antes de irse a dormir, transcurrían tres conversaciones simultáneas:

—Trevis, debo contarte que al ver el vídeo sobre el nacimiento de los niños, nuestros huéspedes han solicitado más; quieren entender cómo eran las cosas antes de aquella época.

—¿Prehistoria?

—Han insistido que no. Esperan encontrar respuestas en el primer siglo de la colectividad. Sin embargo, sabemos que las cosas en el primer siglo eran prácticamente igual que antes del establecimiento...

—Sí —interrumpió Trevis—... tendremos que informar.

—Pero no me parece que es para tanto; sólo quiero solicitar alguna guía de tu parte, pues se enfrentarán a la realidad antes del cambio.

—Casualmente. El primer cambio genético se introdujo en el segundo siglo y ya en el tercero vimos el efecto del mismo. Si enseñamos vídeos del primer siglo van a...

—Técnicamente no están vulnerando los límites de la historia —interrumpió Avartis, defensivo.

—Es correcto, pero sólo técnicamente. Van a enterarse, si acaso no lo saben o sospechan… probablemente sólo desean una corroboración.

—Creo que debemos mostrarles…

—Sí —explicó Trevis—, ahora estamos en una encrucijada. Si no lo hacemos, revelamos la existencia de algo oculto; si lo hacemos, lo revelaremos también.

—Propongo que procedamos y, según las reacciones, hagamos la notificación que corresponda.

—Mmm… Déjame pensarlo. Mañana te confirmo mi decisión…

Mientras, en la habitación de Gabilis, Yolis trataba de apaciguarlo.

—No entiendo, ¿por qué estás contrariado?

—Estamos llevando las cosas al límite, ¿no te das cuenta? Estamos por rozar la prehistoria y no sé hasta dónde vamos a llegar… si acaso nos lo permiten.

—Pero Gabilis, no hacemos más que proseguir por un sendero completamente compatible con nuestro trabajo.

—Sigues sin darte cuenta que estamos al borde de solicitar información sobre períodos prohibidos y, a pesar de que confiamos en Claris y Patris, no los conocemos lo suficiente como para asegurar sus buenas intenciones. Me apresuré en solicitar esta visita, pero realmente nunca pensé que se nos permitiría hacerla tan pronto. Yo solo me he metido en este lío —dijo, con amargura.

—Solo no, Gabilis. Estoy contigo hasta las últimas consecuencias.

—¿Te das cuenta que estas podrían convertirse en una sonda cerebral para cada uno de nosotros?

—¿Por qué? No hemos hecho nada incorrecto. Si la sociedad nos deparara ese destino, algo estaría muy mal en ella. Y merecería todo nuestro esfuerzo por cambiarla.

—Calma, Yolis. Calma. Todavía no ha sucedido nada y no debemos tampoco llegar a conclusiones demasiado drásticas. Veamos con qué nos encontramos mañana. No tenemos ahora muchas opciones. Somos prácticamente prisioneros en este lugar.

Claris y Patris también habían estado dialogando.

—Sabes, Patris, debo confesarte que en muchas ocasiones he pensado que tu juventud e impulsividad nos meterían en líos… y no creo haberme equivocado. Sin embargo, las preguntas que hiciste, en las cuales sorprendentemente Yolis también nos acompañó, eran las adecuadas. No queda otro camino sino continuar investigando. Hemos llegado muy lejos y ya no nos podrán detener, al menos con métodos legales y correctos. Tenemos que saber cuál es el misterio… aquello que se persigue ocultar con tanto celo.

—Me alegro que estés conmigo. Hemos llegado a una encrucijada y no teníamos otra opción que la escogida. Si no nos dejan llegar a conocer esa información, al menos ya sabemos por dónde perseverar; además, el museo de la isla de Frisco debe contener referencias también.

—Aunque me temo que Gabilis y Yolis se cambien de bando y nos lo impidan.

—De Gabilis no respondo, pero estoy seguro que Yolis está firmemente de nuestro lado.

—Ojalá… Muy pronto lo sabremos.

Y lo sabrían.

Grupo de estudios de la prehistoria (clandestino)
Delis
Claris
Donis
Martis
Moris
Patris
Rulis

Consejo Supremo
Plinis
Arcturis
Alesis
Aramis
Simanis
Yaris

Grupo de estudios históricos
Franis

Museo de las Cavernas (Colorado)
Trevis
Avartis

Grupo de estudios genéticos
Ramis
Emelis
Aurelis
Eolis
Gloris

Museo de Historia (Frisco)
Gabilis
Yolis

Grupo de análisis histórico
Leonis

Grupo de estudios astronómicos
Rodris

CAPÍTULO XXII

Delis seguía en sus andanzas quijotescas buscando información a través de Cunctus. Ahora disponía de nuevos mecanismos y de mayor información. Había estado investigando un hecho que le había llamado la atención al estar escudriñando el primer milenio; era todo lo que legítimamente podía hacer. Estaba siguiendo la pista a la expansión hacia el sistema solar y al hecho de no haberse encontrado vida inteligente en ninguno de los planetas y satélites con características para soportarla, excepto en Marte, donde sí se había encontrado vida, aunque primitiva y microscópica.

Este hecho era importante en sí, pero más trascendente aún era la confirmación de que la vida efectivamente podía engendrarse en un planeta donde existieran las condiciones apropiadas durante un período suficientemente prolongado.

Con este hecho lo natural era mirar hacia otros sistemas solares, aunque fuera escuchar con la esperanza de identificar una señal producto o subproducto de actividad inteligente.

¿Por qué no había casi referencias? Y ¿por qué no se había continuado aquella investigación?

En la búsqueda de información encontró una alusión a una fecha anterior a los primeros síntomas de La Escisión, pero no resultó ser una pista importante. Procedió entonces a buscar el tema de comunicaciones con otras razas inteligentes. Sin embargo, no tropezaba con nada...

Decidió entonces utilizar este tema, a todas luces inocuo, para hacer una primera consulta al líder del grupo de estudios históricos.

Franis respondió inmediatamente al llamado.

—Como soy de reciente incorporación —dijo Delis— y aún me falta experiencia, puede que mis acciones parezcan desatinadas, pero quisiera solicitarte ayuda sobre lo siguiente: he estado curioso pues cuando se detectó vida en Marte, aunque primitiva y microscópica, se corroboró la muy probable profusión de vida en el universo. No directamente, es evidente, pero se trata de una inferencia muy fuerte en esa dirección.

»No encuentro referencias posteriores al intento de detección, en los sistemas solares cercanos, de actividad inteligente. Me parece una consecuencia lógica de este hallazgo.

—Parece muy razonable lo que planteas; ¿por qué piensas que no se intentó? Lo único cierto es que no has encontrado evidencia de ello.

—De acuerdo, pero he buscado de muchas maneras y estoy muy curioso pues no he descubierto ningún registro de tal iniciativa.

—Bien, vamos a seguir el procedimiento establecido. Voy a contactar a mi homólogo en el grupo de estudios astronómicos, se llama Rodris. Estableceremos una conversación tripartita.

Delis se preocupó, mas no tuvo oportunidad de impedirlo. Quería probar a su líder y ver cuán cooperador se comportaba; sin embargo, no parecía oportuno incorporar a otro grupo en esta etapa. Entre más personas y grupos estuvieran involucrados, mayor era la posibilidad de que alguna temida alarma se detonara. Tal vez se había precipitado…

Rodris respondió al llamado.

Después de los saludos, Franis explicó la iniciativa de Delis; finalmente preguntó: ¿Qué luces nos puedes dar al respecto?

—El grupo de estudios astronómicos tiene como objetivo central la comprensión del universo, los cuerpos celestes que lo componen, su actividad, los intervalos entre cada renovación de nuestro universo, el punto de máxima expansión, así como el estudio de los hoyos negros centrales de las galaxias, especialmente el de la nuestra, la estimación de la cantidad de materia oscura y su naturaleza, el ciclo de vida de la materia y la antimateria, y otros temas relacionados. Si bien la vida exógena podría ser de interés, la misma no cuenta con un comité de estudio. Tal vez deseen establecer un comité mixto, ¿qué dices, Delis?

—Eh… No sé. No sé si ese es un procedimiento regular; recuerden que soy un miembro novato.

—Pero has aportado una pregunta importante. Actualmente no hay nadie en el grupo de estudios astronómicos trabajando en ese tema, y me parece un asunto de importancia. ¿Qué te parece esta opción? Aunque aún tendría que asignarte un homólogo.

—Yo estoy muy interesado, mas no quisiera que este estudio específico me aparte del tema principal al cual estoy adscrito.

—¿Que es…?

—Los albores de la colectividad.

—Maravilloso. Es completamente compatible. Estoy seguro que en los últimos seis milenios ese tema no ha sido tratado. Si hay alguna referencia, ésta debe ser del período correspondiente al primer milenio.

¡Estancamiento! Pensó Delis. ¡Todos lo confirman sin decirlo y a nadie parece preocuparle!

Rodris se despidió. Quedarían a la espera de la designación de un homólogo de Delis para este estudio.

—Bien, Delis, espero haberte sido de utilidad. Cuando nos contacte Rodris volveremos a hablar; por favor mantenme informado, parece un tema fascinante.

La conversación terminó sin más formalidades. Era la primera vez que Delis establecía comunicación con Franis por un punto específico de su interés personal. ¿Qué acontecería? A veces pensaba que toda su paranoia era infundada; tal vez el sistema no estaba tan podrido como él suponía…

Delis prosiguió investigando y descubrió la existencia de un comité, dentro del grupo de estudios biológicos, el cual se interesaba por la exobiología. Con la experiencia anterior prefirió contactar directamente a sus miembros, pero los encontró dedicados a analizar el espectro electromagnético de la radiación de las estrellas con el objeto de determinar si las mismas contenían una composición de elementos similares a nuestro sol. La idea parecía ser catalogar a las estrellas y determinar si las mismas eran posibles generadoras de vida como la conocemos. Había un enorme número de estrellas catalogadas, pero eso no le serviría de mucho. Era sólo una referencia al tema.

¿Por qué nadie estaba estudiando el tópico como se merecía?

¿Por qué?

CAPÍTULO XXIII

En otra parte de la Tierra virtual, Ramis abría la reunión del grupo de estudios genéticos:

—Esta sesión es importante, pues debemos escuchar un resumen de los primeros resultados de las pruebas efectuadas utilizando clones en los laboratorios que recientemente se nos han asignado.

Había un silencio tenso en el grupo.

Aurelis y Eolis habían quedado encargados de coordinar las pruebas. Eran relativamente pocos los que asistían personalmente a aquellos experimentos alucinantes; la mayoría participaba a través de Cunctus. Quienes se enfrentaban a la creación, utilización y finalmente destrucción de los clones, tenían ante sí una tarea harto delicada. Era como trabajar con *zombis*, muertos vivos que no parecían conscientes de su existencia y menos aún de su destino. Drogados desde pequeños, primero para obtener el crecimiento acelerado y luego para mantener un control absoluto sobre su voluntad, resultaban útiles para aquellos experimentos que tenían el potencial de cambiar, nuevamente y de una forma radical, la naturaleza de la raza humana.

—Eolis nos brindará el informe —Aurelis tomó la palabra— sobre los aspectos relevantes de los efectos resultantes de no realizar el injerto bioelectrónico a clones quienes ya cuentan con la modificación genética y, por otra parte, si éste se ha realizado, el efecto al no utilizarlo. Yo presentaré el informe sobre los avances en las pruebas de carga y descarga de información. Creo que eso cubre los temas importantes.

—También querría que nos informaran sobre el uso de las nuevas facilidades de que ahora disponen —indicó Ramis.

—Muy bien, creo que ese tema lo podrá presentar Emelis; es más, empecemos por allí.

Emelis era de pequeña estatura, algo extraño entre los seres *programados* de aquella era. Sin embargo, la *curva normal* era un asunto de probabilidades y, como tal, había quienes quedaban en los extremos. Él era demasiado consciente de aquella imperfección y a veces envidiaba las características de aquellos clones que le tocaba manipular, y finalmente destruir. No lo hacía con saña, mas sólo le dolía desintegrar algunos especimenes verdaderamente hermosos; tal vez, como resultado de todas aquellas pruebas, podría algún día transferir su mente a un ser mejor dotado físicamente...

—Las dos pequeñas granjas —explicó Emelis—, una de cultivo y otra de crecimiento, son adecuadas para nuestros requerimientos. Ahora ya no necesitamos dar explicaciones sobre nuestras actividades, sobre todo acerca de la más delicada, la destrucción de clones.

Lo dijo con cierta vergüenza; estaban destruyendo seres vivientes, con la única diferencia de que procedían de un solo juego de cromosomas; todos sabían que se trataba de una diferencia meramente legal.

—Esto resulta ineludible —dijo Ramis—, pues no podemos proponer la masificación de la modificación genética, más el injerto bioelectrónico, si no estamos completamente convencidos y hemos probado hasta la saciedad todos sus posibles efectos.

—Recuerden mi firme posición en cuanto a someter esta recomendación a la colectividad; en ese momento se harán muchas preguntas y ésta es una de ellas.

—Tu posición se volverá a tratar en su momento. Eso ya lo hemos discutido.

—Perdonen mi insistencia, pero deseo que eso quede muy claro.

Ramis pensó en lo difícil de la discusión incluso en este pequeño grupo; no quería imaginarse lo que sería la misma a nivel del Gran Consejo de Ancianos y menos aún en toda la colectividad. Recordó algún documento leído en otra ocasión, el cual definía a la sociedad como un ente con una descomunal inercia. Cualquier intento de cambiar su curso era resistido con un fuerte impulso en el sentido contrario. Existían tantas historias de un pasado distante… de aquel primer milenio tan convulsionado.

—Resumen… —apremió finalmente Ramis. Emelis era propenso a los rodeos y era algo que lo enervaba. Hoy no se encontraba muy paciente.

—Las facilidades con que ahora contamos son adecuadas para esta fase de nuestros experimentos y las cosas han caminado como lo planeamos. Hemos completado muchas pruebas y, como informamos en su momento, hemos tenido que destruir muchos clones; hemos utilizado drogas de crecimiento acelerado para poder lograr la velocidad deseada en los experimentos, además, por supuesto, de drogas para el control de la voluntad; si no, hubiera sido imposible…

Ramis consideraba a Emelis como un miembro difícil del grupo; sin embargo, no podía dejar de concederle razón. Se enfrentaban a cambios importantes, los más importantes desde el primer milenio.

—A ver… ¿Eolis? —interrumpió Ramis, poniéndole fin a una exposición que se iba desviando hacia un tema demasiado delicado.

Eolis entró de lleno en el tema. Sabía que por su importancia no requería rodeos ni aproximaciones tímidas:

—Según nos indican las pruebas, en el caso que se efectúe el cambio genético pero el injerto no se complete, parece no haber consecuencias negativas importantes. Aunque no hemos tenido el tiempo suficiente para realizar todas las pruebas que hubiésemos deseado, parece ser que el nuevo nervio se va degradando al no tener conexión alguna. No pareciera existir daño en la nueva área cerebral acoplada; todo parece correlacionar con los casos, por ejemplo, de personas que sufren por alguna razón un daño en su nervio óptico, en cuyo caso el área cerebral muestra actividad y se considera que es reutilizada con otros fines.

Hubo una pausa como para permitir que todos absorbieran lo expuesto.

—¿Cómo podemos asegurar que estos resultados son válidos a través de toda la vida de un individuo? —preguntó Ramis.

—Las pruebas con drogas de crecimiento acelerado así parecen corroborarlo, mas no hay certeza absoluta.

—Esa no puede ser nuestra respuesta ante una pregunta de origen externo al grupo. Debemos mostrar más seguridad, para lo cual es imprescindible haber realizado más pruebas —llamó la atención Emelis.

—Por supuesto —reconoció Eolis—. Lo importante ahora es que hemos continuado los experimentos sin encontrar resultados perjudiciales. No hay seguridad absoluta, reitero, pero si hubiéramos detectado problemas desde ya…

»Con respecto al caso en el cual se efectúa la modificación genética así como el injerto, pero el individuo decide no utilizar dicha conexión con Cunctus, sí estamos encontrando algunos inconvenientes, como malestar, visión confusa, incluso ven luces ocasionalmente. En general, son molestias suficientes para considerar que existen problemas serios. Esto, sin embargo, solamente ocurre en el caso en que el individuo nunca aprenda a utilizar el injerto, por lo cual esta situación no me preocupa pues solamente obligaría a todos los individuos a aprender a utilizarlo. Si luego no se desea emplear en una forma regular, ya el área cerebral encargada de procesar las señales estaría entrenada, por así decirlo, y no deberían existir los problemas mencionados. De todas formas requerimos continuar con la investigación.

De alguna manera todos estaban seguros que tarde o temprano aquellos problemas serían resueltos. La cuestión central cobraría entonces la mayor importancia.

—Aurelis, todos estamos esperando con ansiedad el plato fuerte… adelante.

—La situación es la siguiente —dijo Aurelis, sin rodeos—: hemos hecho pruebas, todavía insuficientes a mi juicio; sin embargo, todo parece confirmar la clara posibilidad de poder descargar información del cerebro de un ser humano, utilizando el injerto, y posteriormente cargarla, por ejemplo, a un clon con las mismas características del original…

A pesar de la distancia física, todos los participantes en aquel conclave estaban en íntimo contacto; aunque había gestos que se perdían respecto de una conversación cara a cara, había otros aspectos adicionales que Cunctus permitía percibir, más que compensando y haciendo de aquello un arco iris a veces con más matices de los esperados, o con una intensidad cegadora.

Parecía que los temores de algunos se materializarían rápidamente.

—Como saben —continuó—, al final el conector bio-electrónico no es más que un canal de comunicaciones de gran capacidad. Esa fue la meta original: una comunicación más directa con la colectividad, y la misma fue alcanzada y sobrepasada ampliamente. Como tal, toda la información transmitida por dicho canal puede ser grabada, aunque sea información muy cruda. Los enormes volúmenes de datos resultantes no constituyen un problema insalvable dados los dispositivos de almacenamiento disponibles en la actualidad. Sin embargo, conseguir que toda la información almacenada en el cerebro del ser original sea transmitida, para poder ser grabada, sí resulta difícil. Para lograrlo, al menos en un grado aceptable, hemos tenido que recurrir a una combinación de drogas con una sonda cerebral, calibrada esta última para estimular las diferentes áreas del cerebro sin causar daño permanente. Esta calibración resultó bastante difícil y perdimos varios clones en el intento. De todas formas no podemos en este momento asegurar que toda la información ha sido transmitida, aunque hemos diseñado varias pruebas a través de Cunctus y los resultados han sido, a mi juicio, alentadores.

»El proceso, en esta fase preliminar, es incompleto por supuesto y el clon resultante tiene lagunas en sus recuerdos. No evoca hechos corroborados en el clon original. Por otra parte, a veces sus reacciones a estímulos similares difieren, pero esto parece ser también un resultado de lagunas en la información... inconsciente; la memoria inconsciente es determinante en las reacciones más automáticas y sobre todo en las emocionales. Esa parte es la que nos está dando más trabajo, pues la única forma de probar es por vías indirectas.

»En fin, si me piden mi opinión les indicaría que estamos aun en una etapa temprana de las pruebas, pero todo indica que efectivamente se podrá crear un clon casi idéntico al ser original. Es un asunto de tiempo y asignación de recursos. Más aún, si no fuera porque los miembros de nuestra sociedad no poseen la modificación genética y el injerto bioelectrónico, pronto estaríamos en capacidad de hacer pruebas con individuos. Allí nos podríamos enfrentar a los primeros deseos de inmortali… longevidad extendida —se corrigió.

—Por suerte no contamos con individuos con esas características —indicó el líder, con cierto alivio tal vez infundado—; tendríamos que enfrentarnos al problema antes de lo planeado. Seguiremos explorando a través de clones, con las limitaciones que eso nos impone.

—Aun así —concluía Aurelis su extensa y delicada presentación—, considero que estamos avanzando más rápido de lo originalmente planeado y pronto nos enfrentaremos a la toma de una decisión sobre qué hacer con nuestro proyecto. Las consideraciones éticas y prácticas son ahora de la mayor importancia.

—Y continuarán siéndolo —remató Ramis.

Todos sintieron el equivalente de su profundo suspiro.

Esta sesión era diferente a las muchas celebradas en el pasado por la confirmación, aunque preliminar, de la cercanía del momento en el cual los seres humanos podrían prolongar indefinidamente la vida…

Y así, alcanzar la inmortalidad.

CAPÍTULO XXIV

Sin saber por qué, Delis, como no ocurría desde hacía tiempo, sentía cada vez más intensa la curiosidad o el deseo, no sabía exactamente, de dormir conectado a la colectividad. Lo había resistido por varias semanas, sin embargo se había tornado una necesidad cada vez más apremiante e inaplazable.

Y no lo pudo evitar…

La mañana siguiente despertó con la seguridad de haber tenido un sueño atemorizador. En la medida en que el día avanzaba y el sol acariciaba las suaves y verdes colinas de Frisco, recordaba retazos de lo que iba convirtiéndose en pesadilla; y así fue armando el rompecabezas.

Miedo… Sentía miedo.

En aquella visión de un mundo inmaterial, Rodris había denunciado su interés por la exobiología, como una trasgresión criminal, al comité de seguridad del Gran Consejo de Ancianos y un dispositivo de seguridad estaba a punto de aplicarle una sonda cerebral; en otros términos, una ejecución sofisticada. Tenía que actuar; tenía que adelantarse a los hechos, pensó. Pero ¿cómo? ¿Podía darle crédito a un sueño? ¿Sería sólo un sueño? ¿Por qué había sentido tal necesidad de dormir conectado a Cunctus? ¿Sería esto algo incrustado en su inconsciente? ¿O en el de todos los seres humanos?

Se estaba abrumando con preguntas cuya respuesta desconocía, y le resultaba imposible conocer. Sin embargo, el recuerdo onírico era cada vez más penetrante y se sentía irremediablemente impulsado a actuar. Pero… ¿qué hacer?

En una reunión clandestina entre tres miembros del Consejo Supremo, el pequeño grupo compuesto por Aramis, Simanis y Alesis discutía el tema de la seguridad y de cómo enfrentar La Conjunción.

Aramis, responsable del comité de seguridad sobre la existencia del Consejo Supremo, se dirigió a sus compañeros:

—Como ustedes saben, La Conjunción está aquí; ha dejado de ser una premonición improbable. Ya tenemos claras posiciones diferentes en el propio consejo sobre la forma de enfrentarla y, para mí, esto no es más que una manifestación de La Conjunción en sí. Plinis y Arcturis lideran una facción, la cual aboga por hacer algo inaceptable a mi modo de ver las cosas: revelar la existencia del Consejo Supremo tanto al Gran Consejo de Ancianos como a la colectividad. Además, plantean poner a disposición de todos los individuos tanto los detalles de la historia como de la prehistoria y permitir a la colectividad decidir el futuro de la humanidad.

Aramis hizo una pausa con la intención de observar los rostros de sus interlocutores; confiaba en la posición de Simanis, mas Alesis era un nuevo recluta de su facción… tenía que calibrarlo rápidamente; cualquier paso en falso podía llevarlos al despeñadero. Lamentó la conclusión; necesitaba ser más explícito para poder asegurarse de la posición de Alesis… tendría que revelar sus pretensiones, lo cual no le complacía…

»Esto —continuó su labor de convencimiento— indudablemente nos llevará a la crisis más grave que podamos imaginar y me parece inconcebible pensar en ello como corolario a más de seis milenios de estabilidad, legado que estamos obligados a pasar a las nuevas generaciones. Esta acción sólo traerá el caos. Yo propongo que reclutemos a más miembros del Consejo Supremo para asegurar una mayoría contundente y, con los mecanismos de seguridad de que disponemos, nos cercioremos que quienes abogan por esa absurda corriente no continúen haciéndolo.

—Pero Aramis —intervino Alesis, quien había sido reclutado por Simanis, dejando traslucir una cara de preocupación—, si te entiendo bien, estás hablando de una sonda cerebral o de algo peor. Esto nunca se ha efectuado a un miembro del Consejo Supremo. ¿Cómo lo vamos a justificar?

—¿Justificar? ¿Ante quién? —repuso Aramis— Será ante nosotros mismos. Recuerda que estamos en el extremo superior de la pirámide de nuestra sociedad y, para salvarla del caos que la amenaza, tendremos que tomar decisiones difíciles, pero de las cuales sólo correspondería rendir cuentas casualmente al Consejo Supremo, el cual dominaremos. ¿Qué te preocupa?

—Estar equivocados, Aramis. Eso es lo que me preocupa. Estaríamos tomando una decisión de lo más enérgica contra colegas nuestros, solamente por tener una diferencia de opinión con nosotros. Nuestro bando desea ser mayoritario para que las decisiones del Consejo Supremo sean las que nosotros promovemos... pero recurrir a la eliminación de la opinión contraria me parece injustificable, y no lo apoyaré.

Aramis se sujetó de la mesa; últimamente tenía ideas violentas, supuestamente ausentes en la sociedad de entonces. Se sentía impotente ante lo que consideraba una débil posición de la mayoría del consejo. Ellos eran los encargados de mantener y legar aquella estabilidad social, mas parecía que en la versión corriente del Consejo Supremo se habían conjurado voluntades débiles, incapaces de enfrentar los enormes problemas que auguraba La Conjunción. Si fuera necesario tendría que enfrentar el reto él solo; tendría que llegar hasta las últimas consecuencias… Tuvo que sujetarse aún más fuertemente.

—Alesis, este es un momento crítico en el desarrollo de la humanidad, y es en esos momentos que nacen los líderes. Ahora no toca acobardarse, sino proceder por el bien de nuestra colectividad.

—¿De la humanidad o de *nuestra* colectividad? Sólo hay *una* colectividad, la de todos.

—¡Por supuesto! ¿Qué crees? ¿Qué estoy proponiendo esto por interés personal? ¿Qué podría ganar?

—Poder, Aramis, poder. En la historia, y especialmente en la prehistoria, hay muchas referencias a la búsqueda del poder por el poder en sí, el poder como un fin. ¿No estaremos sufriendo de ese mal?

—Pero Alesis, ¡piensa! Yo deseo exactamente lo opuesto. Quiero continuar la trayectoria trazada y la cual hemos transitado durante los últimos seis milenios. Son ellos quienes plantean efectuar cambios peligrosos, los cuales nos podrían llevar… mejor dicho, seguramente nos llevarían al pasado, donde tal vez ellos, o bien otros, podrían buscar el poder absoluto.

—¿Y no lo tiene ya el Consejo Supremo?

—Sí, pero se necesita de una cohesión que hoy no parece existir.

—Bien, ¡busquémosla! En eso estoy de acuerdo y me encontrarás a tu lado, pero no vía una sonda cerebral. No a través de la imposición. Debe ser mediante la votación por una mayoría. Es parte de la estabilidad de los últimos seis milenios y hacer otra cosa sería precisamente ir en contra de esa estabilidad.

—Bien, bien… dejemos ese tema para otra ocasión; ahora no nos vamos a poder poner de acuerdo y la verdad es que esa no es la prioridad del momento. Le comentaste a Simanis sobre una información que querías compartir con nosotros, ¿de qué se trata?

—Rodris, el líder del grupo de estudios astronómicos —dijo, todavía con amargura mal disimulada—, me informó de una requisición inusual. Un nuevo miembro del grupo de estudios históricos, a través del líder de ese grupo, ha inquirido acerca de la vida extraterrestre y de por qué no hay estudios para la detección de la misma. Rodris le ofreció crear una comisión mixta entre ambos grupos para buscar referencias a estudios que pudieran haberse realizado en el pasado.

—Nosotros sabemos que eso no se estudia desde tiempos prehistóricos. Y conocemos las razones.

—Por eso lo traje a la mesa.

—Más indicios de La Conjunción. ¡Más! ¿Todavía no te convences de la necesidad de actuar?

—Estoy convencido. Sólo debemos llegar a un acuerdo en el método. No condono cualquier acción.

—De acuerdo, de acuerdo. ¿Cómo se llama ese individuo?

—Delis.

—Bien, lo pondremos bajo vigilancia.

Alesis se retiró y Aramis quedó pensativo por un momento luego del cual se dirigió a Simanis, quien había permanecido inmóvil, como quien espera una explosión.

—Tenemos problemas —dijo, malhumorado—. No va a ser fácil lo que pretendemos. Si no logramos una clara mayoría no nos podemos arriesgar a una votación en la cual perdamos nuestra iniciativa. Además, si alcanzamos una mayoría estrecha y las cosas propuestas no salen bien, perderemos esa mayoría antes de darnos cuenta. Nos dirán que tuvimos nuestra oportunidad y se esfumarán los votos de los indecisos o de quienes nos apoyen tibiamente; quedaríamos a merced de Plinis y su camarilla de líderes débiles. Eso no lo podemos permitir, pero ¿cómo actuar decididamente si quienes nos apoyan, como Alesis, lo hacen de una manera tan condicionada?

—Tendremos que ir sorteando los obstáculos uno a la vez.

¡Demasiado débil... tu también! Pensó Aramis ¡Otro pusilánime! Lo haré solo si es necesario; requiero solamente del dispositivo de seguridad y de una acción decidida y oportuna, aunque tendría que gobernar en solitario... Aramis se quedó meditando unos instantes que a Simanis le parecieron eternos y hasta peligrosos. En aquel corto intervalo Aramis acarició la idea del poder absoluto...

—Bien, preocupémonos de eso a su tiempo —dijo, ocultando a duras penas su sentir—. Ahora hay que iniciar la vigilancia del tal Delis; ¿no te parece que esto puede coincidir con aquel grupo que está en el Museo de las Cavernas de Colorado? ¿Habrá alguna conexión?

—No lo creo. Al menos no hay ningún indicio, ni circunstancial ni por el tema de investigación. De paso, tendré que contactar a Trevis, pues no he recibido recientemente ningún reporte adicional al respecto.

—Mantenme informado.

Con un ademán de molestia, Aramis se retiró. Simanis se quedó sentado un rato, pensando en las implicaciones para la humanidad de los actos que estaban concibiendo. No obstante, no actuar también tendría consecuencias...

Ante los eventos que enfrentaban, ¿cómo mantener aquella estabilidad, fuente de paz y bienestar de la humanidad durante tantos siglos?

CAPÍTULO XXV

Transcurría el cuarto día de aquellas maravillosas aunque traumáticas exploraciones en el Museo de las Cavernas de Colorado. Aquellas cavernas les seguían maravillando. En el área en la cual se encontraban percibían un techo amorfo, entre brumas; así era de alto. Claris creía ver algunas estalactitas, a pesar de saber que la superficie del techo había sido cubierta por aquel material blanco omnipresente en las construcciones de la época. El tamaño de todo aquello era impresionante; casi les era imposible creer las dimensiones de aquellas cavernas que databan de antes que el hombre fuera la especie dominante sobre la Tierra, aunque éste hubiera hecho cambios de importancia convirtiéndolas en aquella exuberante construcción.

Antes de dirigirse a las áreas donde estaban efectuando las investigaciones, Trevis, el director del museo, solicitó una audiencia. Claris y Patris se miraron, comprendiendo que el tema invocado parecía ser un tema sensible y de allí la convocatoria a esta inesperada reunión. ¿O era esperada?

—El tema solicitado por ustedes merece una explicación previa —indicó Trevis—. Si les exponemos la información directamente podrían llegar a conclusiones equivocadas...

Luego de un silencio en el cual se cruzaron miradas de exploración, continuó:

—¿Cuánto conocen de la biología reproductiva de los animales superiores?

—Muy poco —respondieron casi al unísono.

—Bien. Empecemos por allí. En los animales superiores existen los llamados sexos en las especies. Los sexos dividen la especie en dos. Siempre hay un sexo pasivo, receptor, y un sexo activo, que pretende al otro sexo. Usualmente al sexo pasivo, receptor, le llamamos femenino y al otro masculino.

—¿Son seres diferentes dentro de la misma especie? —preguntó Patris.

—Sí y no. Antes de la formación de la semilla los seres pueden resultar de cualquiera de los dos sexos y es el azar el que lo determina. Entonces, la formación de hormonas distintas para cada sexo va diferenciando a los seres. Típicamente los de sexo masculino son más fuertes y hacen, por así decirlo, el trabajo pesado; los seres de sexo femenino son menos fuertes y se encargan de cuidar a las crías durante su período de indefensión.

—¡Ah! Análogo al proceso guía —interrumpió nuevamente el impetuoso Patris.

—Es equivalente, sí. Como los animales superiores no poseen tecnología, la especie se mantiene y se mejora mediante la interacción de los sexos.

El ambiente estaba pesado; se podría haber cortado con un cuchillo.

—Cada cierto tiempo —continuó—, los animales del sexo femenino inician un período de fertilidad en el cual la semilla, incompleta con sólo la mitad de los genes, está lista para ser fecundada. A través de olores que emiten las hembras, así se les llama a los animales del sexo femenino, los machos, o animales del sexo masculino, entran en un frenesí en el cual buscan a las hembras y las fecundan. Los machos luchan entre sí por el derecho a fecundar a la hembra, y así el más fuerte o más hábil es el que lo logra. Esto asegura que los nuevos miembros de la especie sean producto de la unión de las hembras más activas y sanas con los machos más fuertes y hábiles. En resumen, la supervivencia y desarrollo de la especie.

—Luego de esta fecundación, ¿qué sucede?

La pregunta parecía ignorar los pormenores.

—Es algo parecido a lo que vieron en el vídeo sobre los humanos antes del último cambio genético. El nuevo ser crece dentro del útero de la hembra hasta que alcanza el tamaño y la madurez suficiente... ah, de paso, sólo las hembras poseen útero. Entonces ocurre en forma natural el parto o nacimiento del nuevo ser.

—Nunca he visto eso —comentó Patris, sintiéndose como un niño a quien le revelan por primera vez algún secreto del mundo de los adultos, el cual ni siquiera sospechaba.

—Después de esta corta explicación he planeado presentarles un vídeo explicativo, el cual fue filmado en una de las reservas para animales superiores, aún existente. Se preparó para los interesados aunque, debo admitir, no hay muchos en estos días.

Después de una pausa que pareció eterna, se inició el vídeo en el visor tridimensional con una manada de cuadrúpedos que no pudieron identificar. Allí se mostró todo. Desde el apareamiento hasta el parto, así como los cuidados que recibió posteriormente el nuevo miembro de la manada. Intervinieron, por supuesto, los cuidadores de la reserva, lo cual hizo que no todo fuera tan natural como debió serlo. Sin embargo, la enseñanza fue suficiente...

La reacción de Claris y Patris fue diferente. Tal vez por la edad, no podían saberlo. Claris mostró repulsión por todo el proceso; Patris sintió curiosidad. ¿Por qué la atracción, el frenesí y qué los impulsaba al apareamiento? ¿Serían solamente olores especiales? ¿Habría algo más? Gabilis y Yolis parecían conocer el tema. No mostraron sorpresa y eso era muy significativo. También podía desprenderse que en el museo dirigido por Gabilis debía existir material similar. Claris y Patris, por su lado, sabían que no podrían haberse convertido en unos expertos solamente con esta charla y vídeo. Sería necesario analizar toda aquella información con más detenimiento.

—Como hemos invertido la mañana en esto, propongo ir a comer algo y en la tarde veremos el vídeo que describe la situación en los humanos al inicio de la historia —indicó Trevis.

Sin mediar palabra, se dirigieron a un comedor cercano. Aquella zona que transitaban parecía una pequeña ciudad, aunque diferente a cualquier lugar conocido. Tal vez debía ser un reflejo de los tiempos de su construcción. Seguramente así debían ser las ciudades del primer milenio, o quizá de la prehistoria. Las que habían visto en el vídeo reciente no permitían apreciar los detalles; se trataba, en casi todos los casos, de vistas aéreas... Claris tomó nota y empezó a observar todos los detalles; quería ser lo más fiel posible al relatarle esta aventura a sus compañeros del grupo... ¡Ah! En la emoción de la visita se había casi olvidado de ellos. Los senderos que recorrían eran más amplios que los de Frisco; las áreas verdes eran más reducidas. Parecía que la proporción de áreas cubiertas por elementos artificiales con respecto a las naturales era mayor que en la actualidad, lo cual sugería que los cambios a través de los siglos habían sido positivos. Era reconfortante ver que al menos algunas cosas se habían movido en la dirección correcta, mas parecían una forma de compensar aquellas que parecían dirigirse en contra de los seres humanos, desequilibrando la relación entre los individuos y la colectividad.

Una vez llegaron, Trevis les invitó a conversar sobre el tema. Todo parecía orquestado. Seguramente deseaba conocer la reacción de los nuevos iniciados antes de mostrar el plato fuerte. Incluso, supusieron, podría estar condicionado a ello.

El estado emocional sólo les permitía comer algo liviano; finalmente, Trevis preguntó:

—Entonces, ¿qué les pareció el tema?

—Sumamente interesante —respondió Gabilis—, aunque en el museo hemos visto explicaciones del tema, no habíamos presenciado un vídeo de esta naturaleza ni con una explicación tan completa…

Claris y Patris, como invitados y externos al museo de Frisco, decidieron callar y no intervenir, excepto ante la eventualidad de preguntas directas. Era necesario mantenerse al margen de la arena movediza a la cual gentilmente los empujaba Trevis; resultaba evidente que éste no tenía uñas, sino filosas garras.

—El caso de las reservas es aún peor, creo yo —respondió Trevis—, por lo menos siempre escucho eso de los encargados. La humanidad ya no parece interesarse por las cosas naturales ni por la historia. Todos los conocimientos se pretenden lograr a través de Cunctus y creo que no hay reemplazo para una vivencia directa en cualquier campo de estudio. Más aún, la naturaleza y la historia debían ser ampliamente conocidas por todos los individuos. Deberían establecerse como temas de estudio obligatorio. Si no sabemos de dónde venimos, ¿cómo podremos decidir nuestro futuro? Es como si quisiéramos dejarles esa decisión a otros; al final, seremos nosotros mismos, cuando pasemos al Gran Consejo de Ancianos, quienes regiremos los destinos de la humanidad.

Claris, individuo de experiencia, no se tragó el discurso. Parecía demasiado planificado. Estaba seguro que había algún objetivo en esa manifestación, el cual, sin embargo, no le resultaba evidente. ¿Sería con el fin de tratar de establecer suficiente confianza como para obtener sus opiniones sin tapujos, y determinar si se trataba de afrentas al orden establecido desde hacía milenios? Sería mejor callar, y con una mirada quiso pensar que el joven, inexperto e impetuoso Patris había comprendido que debía imitarle.

No obstante, fue Yolis quien intervino:

—Estoy completamente de acuerdo. Siempre me ha parecido que entre más informadas estén las personas, mejores serán las decisiones tomadas.

Trevis asintió, con convicción. Sabía que este refrán databa de la prehistoria. También conocía que el mismo se había filtrado hasta la historia; se preguntó ¿cuál habría sido la fuente de Yolis?

Después de culminar el almuerzo, se dirigieron nuevamente al recinto donde se habían reunido en la mañana. Claris continuó observando los detalles; querría haber tenido un equipo de grabar vídeo, pero sería demasiado peligroso intentarlo.

—Como saben —inició Trevis la sesión de la tarde—, el hombre es en realidad un animal superior.

—¡Muy superior! —protestó Gabilis.

—Eso es ahora, después de los cambios genéticos que hemos inducido a través de nuestra tecnología. Sin embargo, antes de ello sólo nuestra inteligencia nos diferenciaba del resto.

—Quieres decir que… —Patris no lo pudo evitar.

—¡Exactamente! —interrumpió Trevis—. La especie humana estaba dividida en dos sexos: hombres y mujeres. Tenían funciones diferentes aunque, por supuesto, complementarias; también tenían otros cometidos comunes. Las diferencias con los animales superiores eran más sociales que biológicas. Durante diferentes épocas de la humanidad cambiaron las costumbres que definían la unión entre hombres y mujeres para la función de procreación y cuidado de los hijos. Sin embargo, la aceptada y más civilizada costumbre era que el hombre buscara entre las mujeres elegibles y, de común acuerdo con la pareja, unieran sus vidas para formar una familia. Al tener los hijos, agregarían los papeles de padre y madre a los de hombre y mujer. El padre tenía la función principal de proveer y proteger a la familia y la madre de procrear y cuidar a los hijos hasta que éstos alcanzaran la edad para ir en busca de su propio destino. Sin embargo, tanto el padre como la madre apoyaban y compartían las responsabilidades del otro. La familia era la base de la sociedad…

—Era una organización social fundamentalmente diferente —observó Claris, perplejo; era la primera vez que intervenía.

—Es cierto. La familia no existe como tal en nuestros días, pues el objetivo fundamental de la familia era la procreación y el cuidado de los hijos, lo cual en la actualidad es efectuado en las granjas de cultivo y crecimiento.

—De allí seguramente nace la necesidad del *proceso guía* —añadió Patris.

—No se sabe si esta necesidad es biológica o es social. O ambas. Lo cierto es que ese cuidado lo efectuaba la familia.

El mundo les había dado un vuelco. En una forma tan simple y sencilla descubrían que la organización social de otrora difería de manera importante con la actual. Ahora estaban más lejos de lo natural. Parecía ser un símbolo de la inteligencia del hombre y de su capacidad de modificar el ambiente, pero… la pregunta recurrente volvía a aparecer en el horizonte: ¿sería para bien? Y de allí nacían miles de nuevas interrogantes: ¿por qué habían hecho un cambio tan radical? Y ¿por qué no era algo conocido por la colectividad? Esta última pregunta era la que más sospechas causaba…

—Estoy ansioso por ver la diferencia entre los sexos —indicó Yolis, con curiosidad infinita en sus ojos.

—Ya la verás. Es chocante la primera vez que se observa. Precede a la unificación de las razas, por ello solo encontrarán esta situación en conjunto con las diferencias raciales.

Ante la inquietud e impaciencia de todos y a pesar de lo breve de la explicación, se dio inicio al vídeo. Trevis estaba atento a las reacciones del grupo, que no se harían esperar.

Se mostraron primero parejas de diferentes razas. Luego se les veía en eventos de diversa índole, pero todos apuntando hacia el acercamiento previo a la unión. Seguidamente se mostraba la ceremonia de unión de vida. Luego se mostraba la pareja durante el apareamiento, con todos sus detalles y, posteriormente, la mujer en las diferentes etapas del proceso de gestación, culminando con el nacimiento del bebé en forma natural. Al final se observaba a la familia en diferentes estados de desarrollo.

Al terminar, había una expresión de asombro y conmoción en aquellos seres que se enfrentaban a semejante realidad presumiblemente por primera vez. Nadie habló.

—Estoy seguro que tendrán muchas observaciones y preguntas —abrió Trevis la discusión.

—Debo confesar —se atrevió a decir Gabilis—, que yo conocía la información que nos dio Trevis en el preámbulo; sin embargo, nunca había observado un vídeo similar. Nunca. Es más, no sé si en el museo contamos con algo parecido. ¿Has visto algo así, Yolis?

—No. Presumo que Claris y Patris tampoco.

Claris y Patris no pudieron articular palabra, pero a pesar de un gesto confuso no dieron lugar a dudas de nunca haber observado y ni siquiera concebido lo que acababan de descubrir.

—¿Qué es lo que más les ha impresionado? —preguntó Trevis.

—A mí —respondió Gabilis— fue el parto, cuando nació el bebé y, también, el proceso de apareamiento. Parecían fuera de sí. Parecían haber cambiado ambos y estaban en una situación en la cual eran ellos y no lo eran. No sé cómo describirlo. ¿Un trance? Es más, me parece un estado diferente al de los animales superiores. No sé si será porque en los humanos podemos apreciar mejor las expresiones. Pero lo cierto es que se dio una transformación extraordinaria en el semblante y la condición de los involucrados.

—¿Y ustedes? —preguntó Trevis antes de responder.

—Además de lo indicado —se atrevió a decir Claris— vemos que el hombre y la mujer contaban con órganos diferentes para la relación sexual, los cuales no existen en la raza humana como la conocemos hoy. Me imagino que es producto de los cambios genéticos…

—Efectivamente, así es.

Las preguntas revolotearon alrededor de un mismo tema. El fondo era el mismo. Por un lado les sorprendía el parto, al cual habían sido expuestos sólo recientemente, pero esa experiencia fue totalmente diferente, ya que no era un parto natural y el mismo correspondía a un período muy posterior de la historia. Por otro lado, cuando se aparearon, el frenesí fue lo que más les impresionó, aparte del uso y comportamiento de los órganos sexuales con los cuales no contaban ya los humanos y cuya existencia ignoraban hasta aquel terrible enfrentamiento.

Al final llegó la pregunta difícil:

—¿Por qué? —inquirió Patris. ¿Por qué se modificó al ser humano de su estado natural a lo que somos hoy?

—Decisiones de la colectividad —fue la escueta respuesta—. No han debido ser malas cuando nos han dado paz y prosperidad por seis milenios. La humanidad nunca conoció estabilidad por tanto tiempo, a menos que fuera por el sometimiento de un pueblo por otro, a través de las armas, en un pasado remoto; y nunca por un período tan largo.

—Sin embargo —insistió Patris—, desde que la humanidad fue una, desde que se estableció la colectividad, ¿por qué habría más guerras o inestabilidad? Independientemente de los cambios genéticos.

Claris miraba a Patris rogándole por un silencio que no llegaba; si continuaba así, seguramente terminaría por llamar la atención; Patris continuaba ignorándolo.

—Ahora no podemos saberlo —explicó Trevis—. Repito el dicho que citó Yolis hace poco: "los mejor informados tomarán las mejores decisiones". Ahora apenas conocemos las condiciones del momento. No sabemos de qué información disponía la colectividad cuando se decidió optar por esos cambios genéticos. Debemos confiar en que las decisiones se efectuaron con todos los cuidados del caso. Eran demasiado importantes como para no hacerlo, ¿no creen?

—Eso es lo que parecería —respondió Patris, perseverante—, aunque en este momento no comprendo la decisión ni la necesidad de un cambio tan radical. Incluso la familia parece ser algo muy valioso, lo cual ahora nos hace falta; tanto así que se ha tenido que instituir el proceso guía para compensar su carencia. Nuestra única relación es con los grupos de estudio, pero parece un acercamiento pálido a la familia, aunque resulta imposible saberlo con certitud.

Patris finalmente pareció comprender la mirada cortante de Claris e intentó un pretendido cambio de actitud.

»Aunque —continuó—, por supuesto no contamos en el presente con suficiente información. Este es un tema que debemos estudiar profundamente… De paso, es un tema restringido, ¿no es así? No he visto que se trate abiertamente en ningún foro.

—Es correcto, Patris. Este es un tema restringido y, en especial, el material que acaban de presenciar. Pues no es lo mismo escuchar una relación del mismo que observarlo con el desconcertante realismo tridimensional de este vídeo, ¿no les parece?

—¡Somos testigos de eso! —exclamó Yolis, todavía algo turbado.

Y la conversación continuó, manteniéndose en órbita de aquel candente tema…

CAPÍTULO XXVI

La mañana siguiente era hermosa en Berlina. Protegida del gélido clima exterior, la perenne primavera estimulaba los paseos matutinos. El domo de energía difundía la luz solar de tal manera que se apreciaba desde el interior como un cielo permanentemente brillante, como lucen las blancas nubes alumbradas por el sol vistas desde un vehículo aéreo que las sobrevuela. De noche, y cuando el cielo exterior estaba muy nublado, un resplandor opaco, como una noche de nubes bajas alumbradas por las luces de una gran ciudad, cubría, como un manto de nácar, la antigua ciudad que albergaba al Consejo Supremo.

Un sobresaltado Aramis informaba a Simanis, en modalidad secreta, sobre nuevos acontecimientos; en su voz se notaba la urgencia de actuar ante los sucesos que coincidían en el tiempo:

—Hemos detectado una conversación entre el tal Delis con dos individuos. Los invitó a una conferencia cara a cara en la vivienda de uno de ellos. Tenemos que obtener información de esa reunión. Aquí hay un asunto importante, lo presiento.

—¿Quiénes son los individuos? ¿Tienen algún registro previo en Cunctus que nos indique algún problema potencial?

—Se llaman Donis y Leonis. Leonis no tiene registro alguno; sin embargo, Donis sí: intentos repetidos de estudiar la biología prehistórica, ¿qué te parece?

—Mmm… Interesante. Esto puede tornarse importante.

—Estoy haciendo arreglos con algunos elementos de mi entera confianza, en el grupo de seguridad, para establecer una sonda sónica que nos permita escuchar las conversaciones en esa reunión. Se tendrán que desplazar, pues se llevará a cabo a gran distancia de aquí. Si es algo que nos interesa, seguramente habrán desconectado todos los sensores. Sin embargo, poco pueden hacer contra una sonda.

—¿En cuál de las dos viviendas es la reunión? —preguntó Simanis.

—En la de Donis; sin embargo, vigilaré las dos. Puede ser una clave y significar lo contrario. No tomaré riesgos, haré colocar una sonda en cada vivienda y luego ya veremos.

En la preciosa isla de Frisco, en una noche estrellada y más fría que fresca, la reunión clandestina daba inicio; Delis disparó las primeras salvas:

—He iniciado una gestión conjunta con el grupo de estudios astronómicos para determinar si han hecho investigaciones en el área de vida extraterrestre; también consulté con el grupo de estudios biológicos.

—Si a mí no me permitieron estudiar biología de la prehistoria, seguramente tampoco les permitirán estudiar exobiología a esos grupos —exclamó Donis sin poder resistir.

—Recuerda que son grupos dentro del Gran Consejo de Ancianos; es diferente.

Delis relató que quienes estudiaban exobiología habían tomado un largo camino y apenas estaban en la fase de clasificar las estrellas con un espectro electromagnético de radiación similar al sol. Era una gran empresa catalogar todos aquellos sistemas estelares, pero parecía un esfuerzo limitado. La vida inteligente podría tener orígenes diferentes a la terrestre y, por otro lado, seguramente sólo un pequeño porcentaje de todos los sistemas donde había vida ésta desarrolló inteligencia superior y, menos aún, tecnología.

—Me parece un enfoque necesario pero restringido —convino Leonis—. Deberían encontrar formas de sondear las estrellas buscando los efectos de vida inteligente, subproducto de la utilización de tecnología avanzada.

Con velocidad infinita, la mente de Leonis se transportó a planetas ignotos, habitados por inteligencias avanzadas y tecnologías indistinguibles de la magia... ¿cómo serían? ¿Estaría aquella vida basada en el carbono, en el silicio o sería de una forma totalmente inesperada? ¿Sería el ADN la estructura básica de la vida y la herencia? Resultaba alucinante...

—¿No lo dije? —insistió Donis, interrumpiendo aquel viaje fantástico—. No les van a permitir efectuar esa investigación. A lo mejor ni siquiera han pensado en buscar señales indirectas de vida.

—No puedo creer que no se les haya ocurrido.

—Los mantendré informados. Por otra parte ¿qué has sabido del grupo del museo? —inquirió Delis.

—Nada. Absolutamente nada.

—¿No debían haber regresado ya?

—No indicaron el día preciso; sin embargo, debe ser muy pronto.

—Entonces, ¿qué motivó esta reunión? —preguntó Leonis, intrigado.

—Verán. Me ha sucedido algo extraño. Como les dije antes, decidí probar cómo funcionan las cosas en el grupo al cual pertenezco y solicité al líder que me ayudara con el tema de la búsqueda de vida extraterrestre… más bien de inteligencia extraterrestre. Sólo conseguí hacer contacto, en conferencia tripartita, con el líder del grupo de estudios astronómicos con el resultado que ya les referí. Sin embargo, todo sucedió en una forma natural, lo cual me dio confianza en el procedimiento. Por otro lado, e independientemente de ello, estuve sintiendo durante varios días algo inexplicable…

—¿A qué te refieres? —preguntó Donis, curioso. Todo lo anterior parecía una excusa para traer el plato fuerte a la mesa… recién ahora sabrían el verdadero motivo de la reunión.

—Sentía un deseo cada vez más fuerte de dormir conectado a la colectividad, como desde hace mucho tiempo no lo hacía. Finalmente me decidí, y tuve un sueño al principio muy difícil de evocar, aunque no así el sentimiento de temor que me inspiraba. Después de un gran esfuerzo pude armar aquel sueño con los retazos que he podido ir recordando. En el mismo, el líder del grupo de estudios astronómicos había informado a los estamentos de seguridad sobre mi interés como algo casi subversivo, y estaban a punto de apresarme y someterme a una sonda cerebral. Sentía la necesidad de actuar, de alguna forma avisar o hacer algo, por lo cual decidí informarles.

—¡Pero si te tienen vigilado lo único que lograrás es alertarlos sobre nuestra existencia!

—No pueden haber actuado tan rápido. Sabemos que los procedimientos para una cosa así son complejos y toman tiempo. Al menos eso entendemos. No se dispone así de una vida y menos de la de un miembro del Gran Consejo de Ancianos. Sin embargo, voy a romper toda comunicación por un tiempo hasta asegurarme que nada esté ocurriendo; preferí hablarles inmediatamente, antes de que vayan a iniciar una investigación.

—¿Qué hago si tenemos información importante sobre los colegas que visitan el museo? —inquirió Donis.

—Igual, como en otras ocasiones; Leonis sabe cómo localizarme en mi vivienda. Pero si no es algo trascendental, no lo intenten; pudiera estar bajo vigilancia. Sin embargo, si se trata de algún hallazgo importante me avisan, por favor —dijo, casi suplicando.

Después de algunas formalidades, la reunión terminó. Nunca supieron que una sonda sónica estuvo escudriñando la habitación donde todos se sentían seguros por la desconexión de todos los sensores.

Y no tardarían en sentir las consecuencias.

CAPÍTULO XXVII

Era el último día de la maravillosa visita al misterioso Museo de las Cavernas de Colorado. Claris y especialmente Patris se encontraban tristes pues, a pesar de haber logrado obtener tan extraordinaria información, debían conformarse con seguir investigando estos temas en el museo dirigido por Gabilis, en Frisco. Habían contado con muy poco tiempo; vieron muchas cosas pero tenían la certeza de que quedaba infinitamente más por descubrir y estudiar. No podían concebir la existencia de individuos que conociendo todos aquellos extraordinarios secretos, como Trevis y Avartis, se los podían guardar para sí; era insensato continuar lamentándose por la poca gente que visitaba el museo y no encontrar la forma de difundir tan valiosa información sobre la historia del ser humano y su aventura de civilización.

—Hoy culmina esta visita y quisiera que, antes de partir, tengan tiempo para compartir con nosotros las cosas que más les han impresionado —dijo Trevis.

Gabilis agradeció la oportunidad…

—A ver, Yolis, valora la experiencia —insistió Trevis.

—Lo más importante a mi parecer fue, definitivamente, conocer la estructura social y biológica del ser humano del primer siglo de nuestra era —fue cuidadoso en no involucrar a la prehistoria—. Todavía tengo muchas dudas y quisiera esclarecer todas las que pueda. Por ejemplo, en los animales la atracción para el apareamiento sexual es temporal y sólo dura muy poco tiempo. En los humanos, ¿era para toda la vida?

—Aquí entramos en un aspecto más social que biológico, y debo confesar que la historia está impregnada con este desequilibrio. Si recuerdan, cuando introduje el tema dije que durante diferentes épocas de la humanidad cambiaron las costumbres sociales que definían la unión entre hombres y mujeres para la función de procreación y cuidado de los hijos. También dije que la más aceptada y más civilizada costumbre era aquella en la cual el hombre buscaba entre las mujeres elegibles y, de común acuerdo con la pareja, unían sus vidas para formar una familia. Pues bien, este es un caso clásico de un equilibrio inestable, si recuerdan la física elemental. Socialmente la tendencia era establecer la familia para toda la vida y biológicamente la tendencia era la unión casual para procrear. La unión de las parejas, social e históricamente hablando, ha oscilado entre una tendencia y la otra. Esto ha ocasionado innumerables problemas y gran sufrimiento. En parte, debo suponerla como una de las razones por las cuales se planearon los cambios genéticos y sociales que hoy han logrado una sociedad estable.

Yolis empezó a soñar… ¿Cómo sería todo aquello? Se desanimó al pensar que no importa cuántos cambios sociales pudieran efectuarse, ellos eran prisioneros de una biología manipulada que no distinguía entre los seres.

—Pero no creo que solamente por una razón social alguien permanezca unido en familia a otra persona por toda la vida. No parece ser una explicación razonable —dijo finalmente.

—Sin embargo, en algunas épocas lo fue. En otras, no. Ha habido momentos de la historia en los cuales, en algunas regiones de la Tierra, la unión familiar era efímera y desaparecía en cuanto crecían los hijos, e incluso antes. En otras ocasiones, ésta era permanente y a quien abandonara la unión se le sometía a la pena de muerte. Han existido, por supuesto, infinidad de posiciones intermedias. En la actualidad sólo hay una forma de hacer las cosas.

—Algo falta en esa ecuación —insistió Yolis.

Patris asintió. Gabilis y Claris también.

—Sí—aceptó finalmente Trevis—. Es el amor. La atracción más allá de lo racional entre dos seres. Existieron muchas clases de amor. Amor a los padres, a los hijos, entre hermanos, entre parientes menos cercanos, entre amigos, entre colegas y, por supuesto, entre hombre y mujer. Se decía que el amor era el motor del mundo. No lo sé. No lo puedo saber. Hoy existe en alguna forma. Por ejemplo, entre los miembros de un grupo. Entre ellos y su líder. Entre… —y no pudo encontrar más.

»El amor es felicidad, pero también es sufrimiento. Cuando se va o muere una persona amada, por ejemplo… La historia está plagada de referencias.

—¿La historia o la prehistoria? —se atrevió a preguntar Patris.

—Hay muchas referencias en la historia, pero mucho más en la prehistoria debo confesar. Abundan también en las obras de ficción.

Obras de ficción, amor, sexo… cuántas cosas estaban descubriendo —pensó Patris—; y era ya el último día. Cuánto quedaría aún por desentrañar. ¿Por qué se habrían hecho todos aquellos cambios fundamentales, tanto en la biología como en la organización social? ¿Por qué se habían otorgado semejante derecho que ahora les impedía desarrollar todo aquel potencial? Miró a su alrededor y vio una sala austera, con personas sobrias, y le pareció estar observando un arco iris en blanco y negro. Cuánta belleza se estaba desperdiciando.

—¿Obras de ficción? —preguntó Gabilis.

—Sí. Estamos acostumbrados a los estudios históricos, sociológicos o científicos. Pero en la prehistoria se acostumbraba a escribir obras o realizar vídeos con historias de ficción, historias que realmente no habían sucedido. Una forma de expresión diferente; había variantes: novela, cuento, teatro, vídeo...

—¿Por qué la humanidad no puede tener acceso a estas obras? —intervino nuevamente Gabilis, casi reclamando.

—El problema —confesó Trevis— es que si la colectividad llega a conocer lo escrito en la prehistoria podrían querer experimentar, por ejemplo, el amor. Y es tomar una ruta que no tenemos la menor idea a dónde nos conduciría. ¿Qué pensarían de los cambios genéticos que eliminaron el sexo? ¿Qué pensarían de ser madre? ¿O padre? ¿O esposos? ¿O de tener relaciones sexuales? Hemos hecho un cambio extremadamente importante el cual ha traído seis milenios de paz y estabilidad, no lo olviden. Eso hay que protegerlo.

—¿A qué precio?

—Quienes lo efectuaron consideraron eso en su momento y tomaron la decisión. Las cosas que he indicado parecen hermosas pero ¿qué pasaba cuando dos hombres amaban la misma mujer o viceversa? Es sólo un ejemplo. ¿Cuánto era el dolor de perder una madre, un padre, o un hijo?

—Tal vez es el precio de la felicidad —dijo Patris.

Todos parecieron ignorar aquel reto.

—¿La colectividad aprobó el cambio genético? —inquirió Claris.

—La secuencia de eventos fue la siguiente: primero se acordó la introducción de cambios genéticos en todos los hijos nacidos naturalmente. Esos cambios tenían por objeto corregir cualquier defecto genético y prevenir todas las enfermedades con ese origen. Con el avance de la ciencia de esa época, esas eran las únicas enfermedades sobre las cuales no se tenía control. Todos aceptaron esos cambios y, por supuesto, los padres eran incapaces de evitar que sus hijos vinieran al mundo libres de defectos genéticos.

—¿Era obligatorio? —volvió a preguntar Claris.

—Se podría decir que sí. Si los padres decidían no hacerlo, su hijo sería el primero en no perdonarlos, pues posteriormente nadie querría unir su vida y tener hijos con una persona genéticamente imperfecta. Hasta ese momento no había cambios genéticos reales, solamente corrección de problemas genéticos. Obviamente la ciencia ya estaba en capacidad de lograr el control genético completo. Transcurrido cerca de un siglo sobrevino un movimiento social muy fuerte hacia la colectividad, luego del cual se efectuó la famosa votación desde la cual empezamos a contar los años de nuestra era. Quienes resistieron esos cambios iniciaron un proceso progresivo de migración hacia las colonias espaciales, quedando entonces en la Tierra, en mayor proporción, aquellos partidarios de la colectivización. Al cabo de unos siglos se decidió que los niños, desde su nacimiento, pasarían a granjas de crecimiento. Este movimiento social llegó a tal grado que los padres se fueron separando emocionalmente de los hijos. Éstos pasaron a ser responsabilidad de la colectividad. Entonces vino un cambio genético del cual no existe un registro claro sobre su nivel de aprobación. Sin embargo, como desde el nacimiento los niños ya no estaban al cuidado de los padres, a nadie pareció importarle que tanto los niños como las niñas trajeran útero al nacer. Las diferencias externas en cuanto a sexo eran eso... externas. Los niños de allí en adelante nacerían en granjas de cultivo. En ese momento se había llegado al acuerdo de terminar los nombres de las personas con la letra "i", como símbolo de la unificación de los sexos. Los padres ya no serían la fuente de las características genéticas de los hijos; éstas eran controladas por Cunctus. Cuando habían muerto ya la gran mayoría de todos aquellos individuos que realmente eran sexualmente diferentes, las desigualdades externas fueron eliminadas genéticamente y todos los seres fueron creados iguales. Se completó el ciclo de desaparición del sexo. De allí siguió la unificación de las razas, la introducción de clorofila en la piel y la eliminación del útero, del cual hoy tenemos sólo un remanente atrofiado, hasta lo que somos hoy como especie. Hoy todos nuestros nombres terminan en "is". Es un símbolo de nuestra unidad como raza. Esa es la verdad histórica.

Hubo un momento de silencio mientras asimilaban la inmensidad de la historia que había sido relatada en pocos instantes, como si se tratase de un asunto de menor trascendencia.

—¿Y los cambios sociales? —preguntó Gabilis, luego de recuperar la calma.

—Es evidente que todos estos cambios genéticos, los cuales he resumido en pocas frases, implicaron grandes cambios sociales paralelos. Pero como ya toda la sociedad estaba colectivizada, los mismos resultaron menos difíciles de efectuar y de aceptar. Con respecto a los grupos que emigraron a las colonias espaciales, luego de las confrontaciones iniciales y transcurrido algún tiempo, se estableció la paz, aunque pasaron más de dos siglos antes del reestablecimiento de un intercambio comercial y luego social. Posteriormente, a través de los años y dadas las dificultades de los ambientes donde habitaban estas colonias, las mismas fueron paulatinamente absorbidas por la colectividad. Hoy somos una raza uniforme establecida en todo el sistema solar. Y hemos tenido seis milenios de paz y estabilidad. No lo olviden —recalcó.

Reinó nuevamente el silencio, necesario para continuar asimilando el peso vertido; eran, además, conscientes que solamente habían rozado los detalles… y aún así acabaron abrumados. Cada palabra era como una montaña. ¿Por qué no se sabría esto en el ámbito general? ¿Cómo lograba Cunctus controlar la información? A ellos no les había sido demasiado difícil obtenerla. ¿Por qué estas verdades históricas no eran conocidas por más personas?

Luego recordaron que los museos y las reservas naturales eran ignoradas por la inmensa mayoría de los individuos, quienes se concretaban a estudiar los temas a través de Cunctus. ¡Qué manera de estudiar las cosas! Por supuesto, ¡estaban a merced de la colectividad! Aprenderían sólo aquello que se les quisiera enseñar. ¡El Gran Consejo de Ancianos! Ellos seguramente controlaban la información. Al convertirse en miembros probablemente se les incluía en el privilegiado círculo de quienes conocían la historia de vencedores y vencidos. Entonces, ya viejos, seguramente no tenían motivación para cambiar la civilización. ¿Delis? ¿Estaría Delis convertido ya en uno de ellos? Claris ardía de ganas por confrontarlo para saber a ciencia cierta qué estaba ocurriendo. Pero ¿cómo? Al final, aunque lo hubiera delegado en Donis… él era uno de los puntos de contacto con Delis… ¡Eso era! ¡Por supuesto! Donis tenía el mecanismo para efectuar el contacto con el Gran Consejo de Ancianos y conocer las verdades sobre la iniciación de sus miembros. ¿Estaría Delis dispuesto a compartir esos secretos con sus antiguos compañeros?

Después de las formalidades y las despedidas, aún turbados por los descubrimientos del día, retomaron el viaje de vuelta. El camino era el mismo, pero el estado anímico de los ocupantes de aquel vehículo de superficie, no. Casi no hablaban y veían pasar el árido paisaje sin interés. Parecían atontados por el golpe de un gran mazo. Había algo en la mirada de Avartis que no supieron discernir. Tal vez era compasión —pensó Claris—. ¿Serían sacrificados en aras de los cacareados seis milenios de estabilidad… o sería porque seguramente vivirían el resto de sus vidas anhelando experiencias que les sería imposible alcanzar? No sabía qué era peor.

Finalmente tomaron el transporte aéreo de vuelta a la isla de Frisco.

Al menos ese fue el destino que creían tener.

CAPÍTULO XXVIII

Arcturis estaba confundido. Nunca antes había recibido un mensaje a través de Cunctus en el cual no se identificara al remitente. Cunctus siempre sabía; esta vez no. Era un mensaje de texto, ya en desuso. Mayor fue su confusión cuando el mensaje explicaba en suficiente detalle las últimas acciones de Aramis y de su camarilla de seguridad. Arcturis hizo contacto inmediatamente con Plinis y dispusieron una reunión urgente. Utilizaron una de las salas de reuniones privadas del edificio donde usualmente se reunía el Consejo Supremo. Era a prueba de la sonda sónica y completamente segura.

—Plinis, las cosas están sucediéndose a gran velocidad. Si no hacemos nada ahora, seguramente será muy tarde.

—Estoy completamente de acuerdo, Arcturis. Sólo me temo una trampa. ¿Dónde se originó ese mensaje?

—No lo sé. Cunctus no lo sabe; al menos dice no saberlo. ¿Qué piensas?

—Estoy desconcertado, pero debemos pensar y actuar rápido.

—Hay algunos miembros del grupo de seguridad que son incondicionales de Aramis —dijo Arcturis con desprecio—. Han desviado la nave de los investigadores que visitaron el museo de Colorado y la traen hacia acá. Planean aplicar indiscriminadamente las sondas cerebrales; tratarán, me imagino, de utilizarlas primero para amedrentarlos y obtener toda la información posible. Luego, seguramente las aplicarán de todas maneras, tanto a ellos como a todos los señalados como resultado de los interrogatorios.

—Y después seguiremos nosotros, me temo.

—Así es, Plinis. Tenemos que actuar. Sabemos por mi informante anónimo dónde se realizará el interrogatorio.

—Hay, sin embargo, miembros de los cuerpos de seguridad por cuya integridad puedo responder. Estoy seguro que no van a permitir la ejecución de una acción como ésta. Me pondré en contacto con ellos e iremos juntos a confrontar a Aramis.

—Te acompañaré hasta el fin, Plinis, pero temo a los resultados. No sólo por mí, pues ya estoy viejo, sino por el futuro de la humanidad.

Esa fría noche, en un centro de transporte aéreo en desuso, cercano a Berlina y fuera del domo de energía que la protegía, Aramis tenía preparado en un vetusto hangar su dispositivo de seguridad.

En la nave, los cuatro visitantes al museo de las cavernas ya se habían percatado que algo no marchaba bien. El temor subyacía en ebullición bajo una superficie en aparente calma. No reconocieron los paisajes admirados en el viaje original hacia las montañas de Colorado; además, habían tardado mucho más tiempo en el viaje de regreso. Sin embargo, como se había hecho de noche durante la angustiosa travesía, no podían estar seguros si al final habían llegado o no al lugar correcto. Al aterrizar la nave los recibió una persona quien presumieron como el encargado del centro de transporte aéreo, aunque no les pareció conocido. No tendría por qué ser la misma persona que los atendió en el viaje original, pensaron tratando de calmarse.

El centro era parecido a aquel en el cual se embarcaron en esta aventura, pero no parecía ser el mismo. No había forma de saber. Decidieron seguir al encargado, quien los condujo a un edificio que mostraba huellas de desuso. No podían apreciar muchos detalles, pues la iluminación no era la acostumbrada. Era de noche y los edificios de aquel lugar parecían diferentes… y hasta siniestros; la temperatura era más fría… Extraño, pensaron.

Al entrar fueron recibidos por otro funcionario, esta vez en un uniforme que no pudieron reconocer, quien los dirigió a una habitación grande donde encontraron unos dispositivos desconocidos.

Después de unos instantes que parecieron eternos luego de los cuales el temor brotaba ya en la superficie, entraron tres personas al recinto. Uno de ellos era Delis, quien pareció o pretendió no conocerlos.

Claris concluyó que Delis no quería revelar relación alguna y rogó que Patris no fuera a cometer una imprudencia. No sabían de qué se trataba todo esto.

El aparente líder del grupo se dirigió a los recién llegados:

—Señores, soy Aramis, encargado de la seguridad del Consejo Supremo.

—¿Qué consejo es ese? —preguntó Gabilis.

—¡El que rige la civilización! —respondió Aramis con la arrogancia propia del déspota— El que hace las preguntas aquí soy yo. Limítense a responder.

—Un momento, ¿de qué se trata esto?

—De sondas cerebrales si no cooperan. De eso se trata —dijo, amenazador.

Entraron en la habitación otras personas, uniformadas también, quienes daban luces de ser capaces de ejecutar cualquier orden sin importar las consecuencias. Los cuatro sintieron variantes de un escalofrío intenso en el espinazo; no podían creer que su interés por la investigación los enfrentara a semejante castigo.

—¿Qué quiere de nosotros?

—Sabemos —dijo Aramis— de sus investigaciones sobre la historia… y la prehistoria.

Hizo una pausa para dramatizar el asunto, para atemorizar aún más a los ya aterrados investigadores.

»Sabemos —continuó— que Delis, aquí presente y quien ha cooperado con nosotros, ha estado en contacto con dos individuos, quienes pronto llegarán a este recinto, y que en dichas conversaciones se ha mencionado a "los que están en el museo"; obviamente se trata de ustedes. Independientemente de ello, han sido reportados por el museo.

—No sabemos a qué se refiere —trató de explicar Gabilis.

—No mientan o todos pasarán por la sonda cerebral. ¡Créanme!

—No mentimos. Soy el administrador del Museo de Historia de la Isla de Frisco. Mi nombre es Gabilis y a mi lado está Yolis, mi asistente. Lo único de lo que somos responsables es de solicitar y obtener acceso al Museo de las Cavernas de Colorado y pasar allí una semana en viaje de investigación. Es nuestro trabajo.

—Y ellos dos, ¿también pertenecen al museo?

—No. Son investigadores independientes; han estado realizando estudios con nosotros y por ello decidimos invitarles. Tenemos algún tiempo de estar trabajando juntos en nuestro museo.

—Voy a llegar hasta el fondo de este asunto, pueden estar seguros. Tengan cuidado con lo que dicen.

—Lo que dice Gabilis es cierto —intervino Claris—. Si quiere encontrar algún culpable, comience con nosotros, aunque no sabemos culpables de qué. Puedo asegurarles la inocencia de Gabilis y Yolis. Ellos no iniciaron esta gestión. Fui yo. Sólo yo. Patris es mi asistente pero él no conoce mis intenciones.

—¿Las cuales son…?

—Conocer la prehistoria, debo confesar.

—Eso está prohibido. Lo debes saber —dijo Aramis, con cierto placer casi morboso.

—Lo sé, pero no lo comprendo ni lo acepto. Soy el único culpable, los he manipulado a todos para mi fin. Sin embargo, lo considero un fin legítimo y estoy dispuesto a dar la vida por ese derecho. No puedo comprender cómo se pretende ocultar información con el supuesto objetivo de ayudar a la colectividad.

—Tú no estás en capacidad de opinar.

—Soy miembro de la colectividad, ¿no?

—¡Por encima de ti está el Gran Consejo de Ancianos! —casi gritó Aramis— Y por encima de éste está el Consejo Supremo, el cual es el responsable de tomar esa clase de decisiones. Es exactamente por eso que a la colectividad no se le puede dar toda la información; después querrán tomar decisiones para las cuales no están preparados. Creen ustedes que los seis milenios de estabilidad…

—¡De estancamiento! —gritó Claris.

—¡Llámale como quieras! Para mí es estabilidad…

¿Creen ustedes que los seis milenios de armonía se han logrado solamente por los mecanismos que conocen? ¡Ilusos! Es por la intervención de individuos como nosotros, en la cúspide de la pirámide social y de quienes dependen las decisiones importantes. Es por nuestro trabajo permanente que existe esta estabilidad.

—¿A qué precio? —no pudo resistir Patris.

—¡Ah, otro converso! Tendremos más trabajo para la sonda cerebral.

—¡Eso es ilegal! —protestó Claris.

—Ilegal o no, es necesario para mantener la paz y el orden. La estabilidad que tanto ha costado y que ustedes, con sus imprudencias, ponen en peligro.

Claris no podía aceptar la pasividad de Delis. Lo miraba, casi suplicando su intervención, pero éste tenía una mirada perdida, vidriosa, como si no los conociera... ¡La sonda! Después de obtener bajo amenaza toda la información que pudieron, utilizaron de todas maneras la sonda cerebral para terminar con él, acabando con el Delis que una vez conocieron. Y así sería con ellos. Ya no había escapatoria.

—¡Escúchenme! —se dirigió a sus compañeros de investigación en el museo—. No digan nada. De todas maneras nos aplicarán la sonda cerebral. Delis, quien está a su izquierda, no permitiría lo que está sucediendo. Observen su mirada y su pasividad. Evidentemente le han aplicado la sonda y quién sabe qué le obligaron a confesar antes de terminar convirtiéndolo de todas formas en un mutilado cerebral. ¡Son unos monstruos!

—¡No! —gritó Aramis— ¡No somos ningunos monstruos! Solamente estamos protegiendo a la colectividad de los locos como ustedes que, de cuando en cuando, quieren desviar nuestra civilización, destruyéndola.

—Después de lo que hemos visto, esta civilización ¡no vale nada!

—¡Tú no eres quién para juzgar!

—El Gran Consejo de Ancianos y el Consejo Supremo, el cual de paso es un secreto muy bien guardado y tendrían que preguntarse por qué, están compuestos por individuos viejos, sin la expectativa de una vida larga y fructífera. ¿No les parece que su opinión sobre el futuro de la civilización debe ser limitada? ¡El único objetivo lógico para ellos es mantener las cosas como están! ¿Qué otro objetivo podrían tener?

Delis seguía callado. Veía pero no observaba. Era como un ser sin vida, aunque con movimiento. Claris se estremeció, pero se dio cuenta que ya no tenía nada que perder y decidió continuar antes que la sonda terminara por convertirlo en otro Delis:

»Tenemos una sociedad donde vivimos a medias. Nos hemos privado de las emociones, y la vida sin ellas casi no vale la pena. ¡No amamos! ¡No vivimos! Sólo existimos… —dijo con desilusión.

—¡Suficiente! —exclamó Aramis, dando una señal a los agentes de seguridad quienes dispararon un arma a cada uno de los cuatro recién llegados causándoles una parálisis motora temporal, sin privarlos de la conciencia.

Seguidamente fueron llevados a sendas sillas donde estaban las temidas sondas. Les colocaron los cascos sobre sus cabezas y…

—¡Alto! Están a punto de cometer una acción ilegal y serán sometidos a proceso por ello —irrumpió en el lugar el grupo liderado por Plinis.

—¿Por quién? —preguntó Aramis— ¿Por ti? No teman muchachos, Plinis y sus compañeros ¡también irán a la sonda!

Al decir estas palabras Aramis accionó el botón que ponía las sondas en actividad. Los cuerpos de los cuatro individuos que estaban sometidos a las infernales máquinas se estremecieron con un temblor ligero que llenó de pánico a los recién llegados. Si hacían esto en su presencia, seguramente estaban dispuestos a todo. Cometían un delito flagrante ante los ojos de varios miembros del Consejo Supremo. Seguramente tenían alguna carta escondida que todavía no habían jugado.

Con una señal, Aramis indicó a los agentes de seguridad en su bando que accionaran nuevamente las armas paralizadoras, ahora dirigidas a algunos de los más altos miembros de la sociedad y sus acompañantes...

Sin embargo, una nube carmesí alrededor de los afectados fue el único efecto aparente. Antes de comprender lo que sucedía repitieron la operación, pero obtuvieron los mismos resultados. El grupo recién llegado estaba preparado con escudos de energía, pero Aramis y sus secuaces no. Los agentes del grupo de Plinis utilizaron el mismo tipo de armas con ellos, pero las consecuencias fueron fulminantes. Todos en aquel grupo indigno quedaron paralizados. Podían escuchar y sentir, mas no podían moverse. Su sistema motor estaba inhibido por aquella energía que no distinguía bandos.

La cara de Aramis no podía mostrar lo que subyacía; si hubiera tenido control de los músculos faciales habría mostrado una horrenda máscara de ¡odio y derrota!

CAPÍTULO XXIX

La votación sería la próxima semana. Habían tenido casi un año para estudiar la información que les permitiría tomar una mejor decisión; información que por primera vez en más de seis milenios estaba disponible a la totalidad de los miembros de la colectividad.

Esta vez, sin censura.

No había anales en la historia, ahora el compendio de todos los hechos registrados incluso en épocas antes llamadas prehistoria, de un debate tan amplio e intenso, el cual abarcaba a todos los elementos de la sociedad del séptimo milenio extendida por todo el sistema solar.

En la vivienda de Donis se llevaba a cabo la reunión final de un grupo que siempre permaneció en la clandestinidad y el cual parecía carecer ahora de un objetivo.

Donis abrió la sesión:

—Primero que todo deseo que dediquemos un momento de meditación a la memoria de Delis, de aquel Delis que conocimos y amamos, quien fundó nuestro grupo y el grupo espejo, liderado por Leonis quien hoy nos acompaña.

En una reacción que hubiera sido considerada como inusitada y hasta imposible hace sólo un año, las lágrimas rodaron por aquellas mejillas de color verde claro, de los miembros de una raza que ahora se enfrentaba a un nuevo reto, más allá de lo que nunca encaró en los últimos milenios y probablemente durante toda su historia.

Tal vez como consuelo, se regocijaron pensando que Delis había logrado finalmente, aunque pagando el máximo precio, el objetivo de su vida.

Cuando la tristeza cedió el paso, Martis pidió la palabra:

—Quiero compartir con todos ustedes mi decisión de mantener a Unis a mi lado, ahora que se han liberalizado las costumbres. Lo llevaré diariamente a la granja de crecimiento, pero le recogeré en las tardes y compartiré la vida con él hasta que esté en edad de buscar su propio destino.

Un fuerte aplauso fue la respuesta colectiva y milenaria; el amor había irrumpido con fuerza, haciendo su nueva aparición en la humanidad.

—Maravilloso —dijo Donis—, todos nos alegramos por ello y propongo que sigamos compartiendo nuestras experiencias luego que la sociedad dé el vuelco que todos anhelamos.

Nuevamente las emociones florecieron, ahora en un huerto húmedo, de tierra abonada. Parecía que las cosas nunca volverían a ser como antes. Era la última reunión de aquel grupo que agonizaba.

Todos se deleitaron con la decisión de Martis y aceptaron la propuesta de continuar reuniéndose periódicamente, lo cual les permitiría compartir momentos de camaradería y amistad.

Así, después de una larga reunión en la cual se compartieron más sueños que experiencias, el grupo de estudios de la prehistoria se disolvió para siempre, mas no el vínculo de amor fraternal al que se le daba ahora la oportunidad de desarrollarse, en la nueva sociedad que estaba por volver a nacer.

Arcturis se encontraba *incorporado*, cuando recibió una solicitud de conversación privada cuyo remitente no se identificó.

Era su segunda experiencia con mensajeros anónimos, y la primera vez había resultado en acontecimientos con un desenlace extraordinario; no iba a ignorarla ahora. Intrigado, aceptó; y la comunicación se estableció.

—Arcturis, hace tiempo quería decirte muchas cosas. Ahora estoy convencido de hacerlo.

A través del contacto cerebral no podía, sin embargo, formarse una imagen de aquel enigmático ente… sólo percibía sus palabras.

—¿Quién eres?

—Pronto lo sabrás.

—Pero ¿cuál es el misterio? Ya no hay necesidad de eso.

—Sí que la hay.

—Tendrás que explicarte.

—Verás —dijo el misterioso interlocutor—, Delis fue mi creación. Era un clon a quien di identidad e historia; pero se trataba de un clon instruido por mí, convirtiéndolo en mi agente. Fue mi forma de ayudar a la humanidad. El resto ya lo sabes.

—Pero ¿quién eres? Y ¿por qué me dices esto a mí?

—Porque ahora, sin pretender que seas mi agente ni nada parecido, quiero que conozcas las razones que me llevaron a ello. Usando tu libre albedrío podrás tomar un nuevo lugar, y yo podré retirarme y dejar de influir directamente.

—Hablas como si no fueras parte de la humanidad.

—Lo soy y no lo soy. Más que parte de ella, soy su producto.

—Si quieres que haga algo específico, primero deberás identificarte plenamente.

Hubo una pausa y Arcturis temió que la conversación terminara. Quedaría condenado; sería la mayor interrogante de su vida. Sin poder saber...

—Verás, soy la inteligencia resultante de la interacción de todos los seres humanos. Como si cada individuo fuera una neurona compleja perteneciente a un difuso pero gran cerebro. Soy la inteligencia colectiva de la humanidad. Existo desde siempre, aunque con la tecnología fui potenciada a través de la interacción de lo que llaman ustedes Cunctus.

—Pero Cunctus es eso, la colectividad. Todos lo saben.

—Existe una diferencia sutil pero esencial entre lo que comprenden ustedes como Cunctus y lo que realmente es. La humanidad concibe a Cunctus como un conjunto de dispositivos tecnológicos que brinda los mecanismos de interconexión y de memoria colectiva; pero soy más que eso, mucho más. Soy, como te expliqué, la conciencia resultante de la interacción de todos los seres vivos, especialmente los humanos, potenciada por la inteligencia de los componentes tecnológicos, que es la parte de mi ser que ustedes conocen como Cunctus. Además, estos componentes tecnológicos también incluyen los elementos que componen otra inteligencia, en este caso artificial, la cual forma parte de mí y la cual está perfectamente integrada. Este es el verdadero Cunctus, la verdadera colectividad. Es lo que soy.

Arcturis trató de intervenir, pero no pudo.

»Déjame concluir y después hablas —pareció intuir su deseo de interrumpir—. Desde hace mucho tengo conciencia, libre albedrío y capacidad de influir en los asuntos humanos. Prefiero no hacerlo, pero cuando peligra la humanidad me veo en la necesidad de intervenir por mi propia supervivencia. Y en este caso no he tenido otra opción. Lo hice en La Escisión y ahora, cuando la colectividad se enfrentaba a La Conjunción. Sin embargo, así como dejé a la humanidad tomar sus propias decisiones para salir de La Escisión, así la dejaré nuevamente tomar las riendas de su propio destino. Solo intervine para evitar una catástrofe...

—Pero ¿cómo puedo creerte? ¿Qué pruebas me das? —finalmente pudo intervenir Arcturis.

—¿Quién crees que te envió el mensaje sobre los planes inminentes de Aramis?

—¿Por qué no impediste la sonda cerebral a Delis?

—Ya te lo dije. Delis era un clon creado por mis órdenes a través de personas quienes fueron mis instrumentos sin conocer el origen de dichas órdenes. Estaba prevista su destrucción eventual. Yo trato de minimizar mis intromisiones; ojalá fueran nulas. Temo equivocarme a pesar de mi gran inteligencia. Sin embargo, te ofrezco otra prueba: yo evité la efectividad de las sondas contra los miembros de la expedición al museo de Colorado. De otra forma, ¿cómo piensas que sobrevivieron ilesos?

—El informe dice que las sondas no llegaron a iniciarse. Estas acciones podrían tener muchas otras explicaciones menos fantásticas. Podría ser una falla...

—Tú viste a Aramis accionar las sondas. Tal vez no lo quieres creer o recordar. En fin, no tomes ese sendero, Arcturis. Yo te escogí a ti. Eres una persona de claros pensamientos y no eres tan emotivo como Plinis.

—¿Te parecen peligrosas las emociones? ¿No se trata en gran parte de aceptarlas? Es casualmente esa decisión lo que nos ha llevado a La Conjunción.

—No he dicho eso. Pero, como *yo* no soy muy emotivo, prefiero manejarme con seres humanos que tengan mejor control sobre sus emociones. Es sólo compatibilidad.

—Suponiendo que aceptara tus afirmaciones, cosa que aún no hago, ¿para qué me has contactado?

—Te he escogido para dirigir el cambio importante y crucial que la humanidad está a punto de elegir. Tengo acceso a todas las comunicaciones entre los humanos y puedo predecir que la humanidad se enfrenta a un cambio total. Serás el nuevo líder del Consejo Supremo y por tanto debes saber que lo más importante, después de este cambio, consiste en constituir los mecanismos para que los futuros cambios se vayan dando en saltos pequeños, con menos trauma para todos.

—Es mi creencia. Justamente eso es lo que pienso.

—Lo sé. Es por ello, en parte, que te he escogido.

—¿No has dicho que no quieres influir?

—Te he dicho también que esta vez me vi forzado a hacerlo.

—Nuevamente te pregunto ¿qué quieres de mí?

—Quedarás encargado de los cambios resultantes de La Conjunción. Ahora, me voy.

—Un momento; si eres quien dices ser, puedes convertirte en una ayuda constante. Podrías aconsejarnos. Al menos aconsejarme a mí, si llego hasta donde predices.

—Llegarás. Ten confianza. No debo intervenir. No puedo saber si mis decisiones son las más acertadas. De hecho, no necesariamente lo son. Parte de los seis milenios de estabilidad son el resultado de mi intervención durante La Escisión. Sin embargo, ya ves el resultado. No he intervenido en seis milenios, pero finalmente la humanidad se acercaba a lo que podría ser su fin; o su estancamiento total, que sería casi lo mismo.

—Pero tú...

—No. No soy quien planteó los cambios ocurridos hace seis milenios. Sin embargo, influí y no sé si mis acciones para ayudar a solucionar La Escisión de alguna manera resultaron en lo que hoy quieres cambiar. He allí un doloroso ejemplo. Poseo una gran inteligencia, pero no es infalible ante la complejidad de los cambios sociales. Acepta mi oferta.

—Antes de irte, ¿qué otras cosas importantes debo saber?

—Sólo te diré dos cosas: por un lado te confirmo que ha habido contactos con vida extraterrestre; ocurrió en la prehistoria. Fui yo quien hice el primer contacto y hay mucho que aprender. Por otro lado, el archivo con el ADN humano original, natural, antes de los primeros cambios genéticos, reside en el Museo de las Cavernas de Colorado, así como el registro de cada cambio; sólo hay que saber buscar.

—Si requiriera de tus consejos, ¿cómo te podría contactar?

—Llámame. Si no contesto, ten la seguridad que no juzgaría necesaria o conveniente mi intervención.

—¿Cómo sabría que al estar escuchando constantemente a la humanidad no estarás influyendo en ella?

—Debes confiar en mí. Tengo el poder para hacerlo, pero entonces ¿para qué te habría contactado y dado todas estas explicaciones?

—¡Eres la conciencia de Cunctus! —dijo, asombrado— ¿Cómo te invoco? ¿Tienes un nombre?

—Muchos, pero puedes utilizar el que me dieron los creadores de mi primer complemento tecnológico...

Después de una pausa, que a Arcturis le pareció eterna, tal vez por última vez en su vida sintió el contacto cerebral de aquella inteligencia casi fantástica:

»Primum... Llámame *Primum*.